Même les arbres s'en souviennent

Christian Signol

Même les arbres s'en souviennent

ROMAN

Albin Michel

IL A ÉTÉ TIRÉ DE CET OUVRAGE

Quinze exemplaires
sur vélin bouffant des papeteries Salzer
dont cinq exemplaires numérotés de 1 *à* 5
et dix exemplaires, hors commerce, numérotés de I *à* X

À tous ceux qui sont partis
et ne sont jamais revenus.

« La terre nous aimait un peu je me souviens. »

« Évadné », *Fureur et Mystère,*
René Char

LUCAS

1

L'ÉTÉ dernier, quand nous sommes remontés là-haut avec Lucas, nous avons dû nous battre avec les ronces. Elles avaient envahi les venelles, les murs écroulés, le bord des chemins, et même le seuil des deux marches qui donnent accès à la demeure que nous avons habitée si longtemps, ma famille et moi, avant de la quitter, l'âge venu. Le hameau était désert, silencieux, alors que je l'avais connu vivant, bruissant des clarines et des moissonneuses, confiant dans ses maîtresses pierres de granit brut, ses toits de lauzes grises qui avaient défié le temps.

Des hommes, des femmes et des enfants avaient vécu là depuis des siècles, et rien ne nous laissait supposer que le cœur de nos maisons cesserait de battre, quand six familles subsistaient dans la mesure et la raison, économes de leurs maigres richesses mais assurées de manger à leur faim et de pouvoir élever des enfants – une dizaine alors, qui couraient de la forêt à l'école, des pâtures aux puits, des champs aux mares, dans une liberté heureuse et sans soucis.

Le jour où Lucas m'a proposé de me conduire là-bas, j'ai hésité, craignant de souffrir en retrouvant ces lieux qui sont les plus précieux de mon existence, mais j'aime beaucoup Lucas qui a deviné d'où il vient, le prix que nous avons payé pour qu'il puisse un jour faire des études universitaires et les réussir brillamment. Diplômé de HEC, il a créé ce qu'il appelle une « start-up » spécialisée dans les programmes de distribution de produits pharmaceutiques, qu'il vient de vendre aux Américains. Il a beaucoup d'argent et du temps devant lui, m'a-t-il confié, mais avec une sorte de confusion qui m'a fait plaisir, comme s'il se sentait coupable d'avoir fait fausse route. Il a à peine trente ans, il a toujours vécu en ville, mais il sait que s'est joué là, dans ces venelles, ce hameau, le sort qui est le sien aujourd'hui.

Nous avons passé la journée sur ce plateau couvert de friches et de forêts, où même les pâtures sont envahies par les fougères et les buissons d'épines. À midi, nous avons pique-niqué devant le seuil de notre maison dans cette chaleur du mois d'août qui reste toujours sur ces hauteurs supportable, contrairement à celle de la vallée qui stagne sans le moindre souffle de vent et m'oppresse le soir, malgré les fenêtres ouvertes sur l'ombre du couchant. C'est alors que j'ai murmuré, pour moi-même plus que pour lui, me sentant soudain presque étranger à ces lieux familiers :

– Mais qu'est-ce qui s'est passé ?

– Toi seul le sais vraiment, m'a répondu Lucas. Il faut que tu l'écrives.

Cette idée m'a paru tellement saugrenue que j'ai demandé :

– À quoi bon ?

– Il ne faut pas que tout cela soit perdu.

– Et pourquoi donc ?

– Parce que tu me l'as dit plusieurs fois : pour pousser haut, les hommes, comme les arbres, ont besoin de racines profondes et vigoureuses.

– Même toi, qui vis en ville depuis si longtemps ?

– Surtout moi.

Et, comme je demeurais silencieux, pas du tout convaincu de cette nécessité si étrangère à ces premières années du XXIe siècle où le monde a tellement changé :

– Si tu ne peux pas l'écrire, je te donnerai un magnétophone pour que tu puisses l'enregistrer.

– Tout ça est si loin, si peu important...

– C'est important pour moi, pour nous, pour tous ceux qui sont de nulle part et sont perdus dans des villes tentaculaires où ils n'existent que dans la virtualité.

J'ai soupiré :

– J'en doute.

– Tu sais, a repris Lucas, aujourd'hui, on ne vit plus dans le monde, mais dans sa représentation, à travers des images qui défilent sur des écrans.

– Et alors ?

– On a perdu le contact avec le monde vivant : les arbres, les forêts, les rivières, les pierres, les bêtes, les hommes.

– Qu'y puis-je, moi, à mon âge ?

– Tu peux l'écrire. L'expliquer.

– À quoi bon ? On ne reviendra pas en arrière.

– Non, bien sûr ! Mais il ne faut pas oublier. Un de mes amis philosophe a écrit : « Rien ne peut faire que ce qui fut n'ait pas été. » Plus simplement, je dirais que tout ce qui n'est pas perdu est sauvé… Promets-moi au moins d'essayer… Tu ne peux pas accepter que toute ton existence l'univers dans lequel tu as vécu disparaissent à jamais.

– J'essaierai.

Après notre frugal repas de jambon et de fruits, nous nous sommes frayé un chemin jusqu'à la lisière de la forêt de pins sylvestres, de mélèzes, d'épicéas et de châtaigniers où j'ai senti cette odeur de résine, de mousse et d'écorce qui m'a été si familière et qui me transporte chaque fois dans un bonheur intact à celui de ma plus lointaine enfance. J'ai regardé si je trouvais quelques champignons – sous les fougères il y a toujours une pousse à la fin août, s'il a plu suffisamment au printemps – et Lucas m'a suivi en silence, humant lui aussi ce parfum à nul autre pareil dont je me dis parfois qu'il demeurera vivant en moi, même après ma mort.

À un moment, les arbres se sont mis à chanter : non pas une plainte comme en hiver, parfois, mais une sorte de chanson douce, une caresse de feuilles, un murmure de bonheur savamment retenu.

– Tu entends ? ai-je demandé à Lucas.

– Oui. J'entends.

– Tu vois, nous les avons abandonnés, mais ils ne se plaignent pas, au contraire : ils se souviennent avec plaisir de ce temps-là.

– Tu crois ?

– J'en suis sûr. Les arbres gardent la mémoire de tout ce qu'ils vivent.

– Ils ne vous en veulent pas ?

– Non. Ils ne connaissent pas la rancune et ils sont toujours pleins d'espoir.

– Pleins d'espoir, vraiment ?

J'ai hoché la tête, et répondu avec une conviction qui m'a étonné moi-même :

– Sans doute pensent-ils que nous reviendrons un jour.

Nous n'avons plus parlé jusqu'au moment où nous

sommes sortis de la forêt. Le vent nous a accompagnés, dispersant par moments, au ras du sol, les effluves des genêts couleur de vieil or, tandis que nous marchions au retour dans les anciens champs de seigle ou de blé recouverts de mauvaises herbes et de chardons. Là, il m'a semblé sentir l'odeur âcre de la batteuse dévorant les épis, de la poussière en suspension, lors de ces journées interminables des battages qui réunissaient tous les gens du hameau, dans la lumière heureuse des étés d'autrefois.

C'est en arrivant devant la maison que Lucas m'a dit, en me prenant le bras :

– Si tu le veux bien, je vais rénover la maison pour y venir quelques jours en vacances, l'été.

Et il a ajouté en riant :

– À une condition…

– Laquelle ?

Il a répété :

– Que tu écrives ce qui s'est passé là.

– Tu crois que tu pourras emmener ta petite amie dans cette maison et ce hameau perdus ?

– Aujourd'hui, tu sais, en ville on ne vit pas forcément ensemble tous les jours.

– Ah bon !

Il a repris, avec conviction :

– Et dès l'année prochaine, en août, une fois la maison habitable, tu viendras ici avec moi. Tu verras, on sera bien, tous les deux.

Lucas ressemble beaucoup à ma mère et à Paul, mon fils aîné : brun, trapu, les yeux noirs, il a beaucoup de force en lui. Il est consciencieux, travailleur, et je sais qu'il ne parle pas pour ne rien dire. Ce qu'il m'a proposé, il le fera. Il ne reste plus qu'à tenir ma promesse, comme il tiendra la sienne, je n'en doute pas.

Il m'a reconduit dans mon petit appartement de la ville où je vis en économisant mes forces et où les repas me sont fournis tous les jours par les services de la mairie. Petit royaume de deux pièces où du moins je suis encore libre malgré mon âge, et non pas prisonnier dans ces maisons de retraite où l'on dépérit si vite et si mal, si souvent. J'ai eu beaucoup de difficultés à convaincre mes enfants que je me sentais capable de vivre seul, ici, à proximité du plateau où se trouve le hameau où j'ai passé ma vie. Ils voulaient m'emmener avec eux à Toulouse, où ils habitent aujourd'hui, et j'ai dû lutter des jours et des jours pour les persuader de me laisser seul... Voilà au moins un combat que j'aurai gagné et je m'en félicite tous les matins en me levant.

– Je reviendrai début novembre, m'a dit Lucas. On remontera là-haut. Si tu veux, on nettoiera la tombe au cimetière.

Et, en m'embrassant :

– En attendant, je vais m'occuper des travaux.

– Tu crois que c'est vraiment la peine ?

– J'en suis sûr !

Qu'ai-je fait pour mériter un arrière-petit-fils si attentif et si secourable quand ses parents sont partis loin, eux, et reviennent si rarement vers moi ? Je ne sais pas. Mais ce que je sais, c'est que ce jour de la fin août, je me suis senti plus jeune de vingt ans.

– Tu m'as promis ! m'a dit Lucas avant de partir.

Il m'a serré dans ses bras, et m'a demandé avant de s'éloigner :

– Tu n'as besoin de rien ? Tu es sûr ?

– Tout va bien. Ne t'inquiète pas.

Le soir même, j'ai sorti un cahier de mon tiroir et je me suis mis à écrire sans bien savoir si je parviendrais au bout de ce travail de mémoire dont, pourtant, dès les premiers mots tracés en tremblant un peu, j'ai compris qu'il faisait couler dans mes veines un sang neuf, à la réconfortante chaleur.

2

JE SUIS né le 14 mai 1915, dans un hameau situé sur un plateau du haut Limousin, en lisière d'une forêt que la neige des grands hivers recouvrait, parfois, dès novembre. Forêt de hêtres, de chênes, de bouleaux, de châtaigniers, de pins et de sapins dont les ombres froides nous contraignaient à nous réfugier près de l'âtre et à bassiner nos lits avant d'aller dormir. Ce hameau comptait une trentaine d'habitants à l'époque, et il menacerait ruine, aujourd'hui, s'il n'était bâti en grosses pierres brutes, coiffées de lauzes grises. Quatre demeures flanquées de dépendances de bien moindre importance, mais construites pour durer, comme on en édifiait à l'époque avec patience et ce qu'il faut de sagesse pour résister aux épreuves du temps.

J'ai passé les quatre-vingt-dix ans et je n'en reviens pas. C'est si long, une vie, si l'on n'y prend pas garde ! Long comme ces soirs de juin qui repoussent la nuit dans le silence des douces fins de jour, sous la ronde folle des hirondelles. Et il y a si longtemps que mon père est parti pour la Grande Guerre et n'est jamais revenu ! Il était né au XIXe siècle, en 1890, et il est parti à la guerre à vingt-quatre ans, en 1914, après avoir accompli ses trois ans de service militaire et s'être marié, avec ma mère, en 1913. Moi, je vis encore au XXIe siècle, et j'en suis étonné tous les jours. Je ne l'ai pas connu, cet homme dont la présence secrète m'a pourtant accompagné chaque jour de ma vie. Jamais connu, non, et jamais vu, pas même sur photo, car le hameau était isolé, loin des bourgs et des villes, et puis on n'avait pas assez de sous pour songer à de telles dépenses.

Pourquoi raconter une si longue vie aujourd'hui ? Parce que Lucas, mon arrière-petit-fils, me l'a si gentiment demandé que j'en ai été touché. De mon seul fait, je n'aurais jamais osé. Je n'ai jamais eu assez d'orgueil pour croire qu'une si simple vie méritait d'être écrite pour en faire un livre – peut-être, plus tard, m'a-t-il avoué en confidence. Pas d'orgueil, non ; mais, au contraire, de l'humilité. Ce qui n'exclut pas la droiture, ni l'honnêteté qui en découle, tant il est important, devant les épreuves des jours, de préserver au moins sa propre estime…

Comme il est loin ce temps où je courais sur les pentes, pour rejoindre ma mère dans la maisonnette où nous vivions, fermiers de M. Combressol ! Nous ne possédions qu'un petit troupeau, contrairement aux autres familles du village. Lui possédait beaucoup de terres, de landes et de forêts dans ce haut pays, mais cette terre était maigre, le plus souvent, et il y poussait surtout du blé noir et du seigle. Si je me souviens bien, je n'ai goûté au pain de froment qu'à l'âge de huit ans. Je n'en étais pas malheureux pour autant, ne sachant pas que le pain blanc existait.

J'avais été conçu la nuit précédant le départ de mon père à la guerre. Ma mère, cette sainte femme, n'a pas eu besoin de me le confier : il m'a suffi de compter les mois, quand j'ai eu l'âge de comprendre, pour savoir ce qui s'était passé entre cet homme et cette femme qui n'allaient plus se revoir. Ce dont je me souviens, c'est qu'elle me parlait beaucoup de lui, le soir à la veillée, comme pour ressusciter près d'elle l'homme qui lui manquait tant. « Tombé au champ d'honneur », disait le feuillet bleu que lui avait remis le maire, mais c'était loin, Perthes-les-Hurlus, là-haut, dans le nord du pays, et nous n'avons jamais eu le courage, après l'armistice, d'aller voir ce bois où il était tombé, frappé par un obus qui n'avait rien laissé de lui.

Elle était née dans le bas pays, fille d'une famille de trois enfants, et avait été placée très jeune dans une ferme où elle était servante. C'est là qu'elle avait rencontré mon père descendu du plateau, comme saisonnier, pour les foins et les moissons. La deuxième année de cette rencontre, il lui avait proposé le mariage et elle avait accepté.

– Vois-tu, me disait-elle, je l'aurais suivi n'importe où !

– Il n'y avait pas de forêt là-bas, chez toi ?

– Non. Pas de forêt, mais de l'herbe et de l'eau.

Elle me parlait si souvent de mon père qu'il demeurait constamment présent entre nous. Quand je dis « nous », je parle bien sûr de ma mère, Marie, et de moi, son fils unique : Émilien, qui n'avais plus qu'elle au monde, et le savais. Elle ne cessait de penser à lui, de s'adresser à lui, feignant de croire qu'il était revenu depuis qu'elle avait brûlé la feuille de papier bleu, un soir de désespoir, après avoir mangé la soupe de pain noir qui nous tenait lieu de festin.

C'est si loin, tout ça, et pourtant je sens encore l'odeur de suie de la maison, je revois rougeoyer la cheminée, je revois les landiers calcinés, le coffre à sel et la maie où nous gardions le pain quinze jours, les salières où nous nous asseyions à la veillée, face à face, écoutant au-dehors le vent dans les arbres, les mains toujours occupées par quelque tâche domestique – elle filait le lin, à l'époque, pour gagner quelques sous –, réfugiés dans cette solitude où perçait une menace de plus en plus inquiétante ! Le propriétaire, en effet, reprochait à ma mère les loyers en retard et prétendait que le bien était trop grand pour elle, femme seule avec un enfant trop jeune pour l'aider vraiment. Et pourtant ce bien ne comportait que deux champs : un de seigle et un de blé noir, plus un coudert derrière la maison, une pâture dans un creux isolé au fond des bois où j'allais garder les moutons, pendant qu'elle s'épuisait à la tâche.

Mes petits bras ne pouvaient pas grand-chose pour elle, mais notre maigre troupeau était bien gardé. Je partais au début de la matinée, une crêpe de blé noir qu'on appelait « tourtou » dans la poche, et les froides matinées d'hiver me trouvaient grelottant dans les clairières, blotti sous ma cape de grosse laine devant un feu de genêts pour me réchauffer. Je n'ai pas vraiment souffert de ce temps-là. Ma mère me protégeait, me rassurait, même ce jour où pour la première et la dernière fois de ma vie, j'ai cru voir un loup – le dernier, sans doute, de ces collines presque désertes où ils n'hésitaient pas à s'approcher des troupeaux.

Non, je n'ai pas souffert de cette existence à laquelle nous contraignaient ces mauvaises terres et notre dénuement, parce que, même enfant, je me suis toujours refusé au malheur. Et pourtant, cette existence était rude, plus rude que je ne saurais l'expliquer aujourd'hui, surtout à des enfants et des petits-enfants qui ne peuvent imaginer combien une seule crêpe de blé noir pouvait être source de bonheur. Et je me sentais si bien dans la sombre cuisine éclairée au « chaleil », près du feu que les hivers rendaient plus précieux, face à cette femme dont les yeux brillaient de tendresse et qui ne savait que faire pour me contenter. Une orange ou une papillote à Noël, des châtaignes blanchies les jours de fête, une sucrerie au retour du marché, mais surtout des mots rassurants, d'une voix calme et douce, même quand la fatigue pesait sur ses épaules et qu'elle s'affaissait un peu, fermant les yeux en soupirant.

C'était une femme accablée de travail, qui soignait les bêtes, tirait l'eau du puits, ravaudait nos frusques, travaillait les champs, coupait du bois, rentrait le foin, faisait la cuisine, portait des faix toujours trop lourds pour elle, et savait me sourire quand nous nous retrouvions face à face, à table ou à la veillée. Elle me racontait des histoires du temps des empereurs, des princes et des princesses, comme s'il ne s'était rien passé, dans notre pays, depuis que Napoléon III avait renoué avec les palais des anciens rois. Elle était née sous la République des Jules, en 1893, mais elle avait besoin de rêver aux grands bals de l'Empire, aux fastes qu'elle ne connaîtrait jamais, elle le savait. Leur évocation la transportait pourtant vers ce monde de lumières qui allumait des éclats d'or dans ses yeux verts. Elle aimait la grandeur et elle n'était que petitesse, mais elle y accédait par la volonté et le courage. Elle détestait la bassesse et le mensonge.

– Ne mens jamais, Émilien ! me disait-elle. Mentir est le péché des faibles.

J'en aurais été bien incapable, quand elle me prenait par les épaules, plantait son regard ardent dans le mien, et ajoutait, avec une fièvre qui me transperçait :

– Ton père ne m'aurait jamais mariée si je lui avais menti une seule fois. Souviens-toi bien de ça, quoi qu'il nous arrive.

Avait-elle, déjà, l'intuition que nous allions devoir nous quitter ? Je ne sais pas, mais elle gardait beaucoup de choses en elle, sans doute pour me protéger, et je n'ai appris que nous devions nous séparer que la veille du départ, au moment où elle s'est mise à rassembler le peu que nous possédions dans la cuisine en terre battue de notre maison.

– Où allons-nous ? lui ai-je demandé.

– J'ai trouvé une place chez un notaire d'Égletons.

Et elle m'a expliqué qu'elle ne pouvait plus rester ici, parce qu'elle avait accumulé trop de dettes, et que M. Combressol ne voulait plus la garder.

– Je ne peux pas t'emmener avec moi, a-t-elle ajouté. Le notaire ne veut pas. M. Combressol, lui, a été très compréhensif : il a accepté de te prendre chez lui pour veiller sur son troupeau.

J'avais six ans, à ce moment-là, et il m'a semblé

que le monde autour de moi s'assombrissait soudain comme un soir d'orage.

– Nous ne nous verrons plus ?

– Bien sûr que si ! Je viendrai te voir tous les dimanches, en début d'après-midi ! Je te le promets !

Comme je ravalais mes larmes, elle m'a pris dans ses bras pour me consoler :

– Tu sais que je ne mens jamais. Tous les dimanches, c'est promis !

Que je lui en ai voulu, à cette pauvre femme, à ce moment-là ! Et pourtant combien sa douleur devait être grande de ne pouvoir me garder près d'elle ! Mais elle ne le montrait pas, essayait, au contraire, de me faire croire qu'elle était contente de ne pas trop s'éloigner de moi, que nous devions nous satisfaire de ce qui nous attendait. Et moi, pauvre petit de six ans, j'ai feint de la croire et de l'approuver.

Je n'ai pas trouvé les mots pour m'opposer à ce départ, qui, pourtant, me faisait découvrir combien la vie pouvait être pleine de surprises et, peut-être, de dangers. Jusqu'à ce jour, elle avait été enclose dans notre maisonnette rassurante, sans périls véritables, et je comprenais soudain que je n'étais assuré de rien, que tout pouvait arriver, même ce que j'étais bien incapable d'imaginer. Ce n'est que plus tard, bien plus tard, que j'ai appris ce qu'elle avait été obligée d'accepter : je devais servir chez M. Combressol sans le moindre salaire. Pas un sou, au moins tant que les dettes ne seraient pas apurées.

Qui peut croire une chose pareille aujourd'hui ? Je ne l'ai jamais confié à personne. Je savais déjà, à six ans, que le silence peut préserver des plus graves blessures, ou, du moins, les atténuer quelque peu. Et d'ailleurs, à l'époque, beaucoup d'enfants de familles dans le besoin étaient placés chez les autres. Il n'y a pas à se lamenter là-dessus. C'était presque le sort commun. Et le mien, en tout cas, au début de ces années 1920 dont le souvenir s'est peu à peu estompé dans ma mémoire, comme si j'avais voulu m'en délivrer le plus vite possible.

3

NOUS sommes partis le lendemain, dans la boue et la pluie de novembre qui rendaient plus profondes les ornières des chemins. Comment aurais-je pu oublier ce jour-là, malgré les années qui m'en séparent aujourd'hui ? L'enfant que j'étais serrait très fort la main de sa mère qui avait tenu à l'accompagner dans sa nouvelle demeure, avant de faire demi-tour et de rejoindre le bourg où elle était attendue.

Nous avancions sur les mauvais sentiers, transpercés par la pluie malgré nos pèlerines, baissant la tête pour échapper aux piqûres des averses froides qui se succédaient. De temps en temps, la pauvre femme se penchait sur moi et me disait :

– Tu verras, tu seras bien.

Et elle répétait :

– Tous les dimanches, c'est promis.

Je devinais que je devais me montrer fort pour ne

pas l'accabler, mais je me réjouissais de savoir que la pluie se mêlait à mes larmes d'enfant et les lui cachait quand je levais la tête vers elle pour la rassurer. Il nous a fallu près de deux heures pour rejoindre le village qui se trouvait à cinq kilomètres du hameau où nous vivions, en lisière de la forêt. Il s'appelait Bonnefage et abritait une vingtaine de maisons, groupées autour d'une église fortifiée, bâties de pierres grises et coiffées de lauzes, comme celles du hameau que nous avions quitté. Il se situait à l'abri d'un coteau où commençait la forêt, et de l'autre côté, vers le sud, s'étendaient des pâtures et des champs étroits, à l'abri du vent du nord.

Ma mère s'est renseignée à l'entrée, auprès d'une vieille qui venait chercher de l'eau à un puits. La maison des Combressol, qui se trouvait derrière l'église, était la plus imposante du village. À deux étages, surmontée d'une tourelle, elle semblait un petit château qui surveillait des dépendances installées en rectangle autour d'une cour intérieure où se dressèrent, à notre approche, deux énormes chiens noirs.

Nous n'en avons pas été effrayés car nous avions l'habitude, ma mère et moi, de parler aux bêtes. À peine s'étaient-ils couchés à nos pieds qu'une femme est sortie de la maison et nous a fait signe d'approcher. Elle était grande, coiffée d'un fichu gris et vêtue d'un tablier de paysanne, avec aux pieds, non pas des sabots, mais des grosses chaussures à bouts carrés, comme je n'en avais jamais vu. Son visage anguleux, comme taillé à la serpe, était éclairé par deux yeux sombres mais brillants, dont la dureté, aussitôt, m'a cloué sur place.

– C'est vous qui venez de la ferme du Pradel ?

Ma mère a acquiescé de la tête.

– Et voilà le petit ? Il est bien frêle !

Elle m'a pris par l'épaule droite et m'a fait tourner sur moi-même, comme pour juger de ma corpulence – frêle, c'était vrai, même si j'avais toujours mangé à ma faim.

– Allons ! Venez tout de même !

Nous l'avons suivie dans une grande salle à manger où trônait une immense cheminée à manteau de pierre, et où flambait un grand feu dont je me suis aussitôt approché, tendant les mains vers lui.

– Il n'a pas l'air bien endurant, a dit la femme. Il sera pourtant davantage dehors que dedans.

Je me suis éloigné du feu, comme pris en faute, tandis que ma mère répondait :

– Il a plu pendant tout le trajet. On a eu froid.

La femme a eu un geste d'impatience et a crié :

– Lucie !

Une jeune femme est sortie de la pièce d'à côté, qui devait être la cuisine. Elle était blonde, plutôt forte, et paraissait craintive.

– Fais chauffer un peu de lait et apporte-le !

Puis, à ma mère :

– Asseyez-vous donc !

Je me suis approché d'elle sur l'un des bancs qui permettaient de s'accouder sur une table en bois brut, très épaisse, où restaient du matin quelques miettes de pain.

– Bien frêle et bien petit ! a répété la femme. Mais ce qui est dit est dit… Puisque mon mari l'a décidé ainsi, ce garçon gardera le troupeau, mais il devra faire attention aux limites.

Elle a précisé en pinçant les lèvres :

– On est jalousés. On n'aime pas les gros propriétaires, ici.

Je ne comprenais pas très bien ce que j'entendais, mais je me sentais mal : tout, dans cette maison, chez cette femme, me paraissait lourd de menaces, et je me serrais contre ma mère qui, comme moi, sans doute, ressentait la même inquiétude, puisqu'elle a déclaré :

– S'il ne fait pas l'affaire, je le reprendrai.

– Vous savez bien que ce n'est pas si simple, avec les dettes que vous avez.

Je n'avais qu'une idée en tête, pauvre enfant que j'étais : partir, m'enfuir avec ma mère loin de cette maison que l'immense cheminée ne parvenait pas à réchauffer. Mais la servante est apparue avec, dans les mains, deux bols de lait fumants qui sentaient si bon que j'ai oublié tout le reste. La femme nous a servis, et j'ai commencé à boire lentement, en me brûlant délicieusement la langue.

– Il couchera dans la grange, mais il n'aura pas froid, a repris la femme.

– Dans la grange ? s'est étonnée ma mère. Il a toujours dormi dans un lit.

– Il s'habituera. On a chaud avec les bêtes. Plus que dans une chambre mal chauffée.

J'ai compris que ma mère était contrariée et qu'elle hésitait, mais la femme Combressol a poursuivi :

– Il ne manquera de rien. On n'est pas dans le besoin, vous savez !

Ma mère a hoché la tête, mais elle devait sentir, comme moi, que notre hôtesse avait la main rude.

– À part garder le troupeau – cinquante têtes tout de même –, il aura aussi à faire les litières, à aider à traire, à porter le petit bois pour allumer le feu, et, à la saison, à donner la main pour les gros travaux.

– Il n'a que six ans, a dit ma mère.

– Il sera bien nourri, ne manquera ni de pain ni de lait. Ainsi il pourra grandir et prendre des forces.

À cet instant, les yeux de ma mère se sont posés sur moi et j'ai compris qu'elle m'interrogeait. Mais qu'aurais-je pu dire à cette pauvre femme pour la rassurer, alors que moi-même je me refusais de toutes mes forces à une séparation ? Ce que j'ai lu dans ce regard, je ne l'ai jamais oublié. Une telle détresse, une telle supplique muette ne peuvent s'effacer d'une mémoire, même s'il s'agit de celle d'un enfant. J'ai incliné la tête doucement et j'ai souri. Alors ma mère s'est levée, et a dit d'une voix éteinte, dénuée de toute force :

– Je ne dois pas me mettre en retard. Je m'en vais, puisque c'est ainsi.

Elle s'est levée, et je l'ai imitée aussitôt, dans un réflexe que la femme Combressol a arrêté du bras en disant :

– Où vas-tu ? Tu ne vas pas la suivre !

J'ai écarté le bras et j'ai accompagné ma mère jusque dans la cour où elle m'a embrassé rapidement, avant de s'en aller sans se retourner. Je me suis retrouvé seul, le cœur au bord des lèvres, mais une main s'est emparée de mon bras et m'a poussé en avant.

– Viens ! a dit ma maîtresse. Je vais te montrer.

Elle n'a pas lâché mon bras et m'a conduit vers la grange où elle m'a désigné les trappes à foin, les claies, la fermeture des portes, et la paillère où je devais dormir.

– Il y a une planche, là, au-dessus. Tu éteindras le chaleil aussitôt couché et tu le poseras dessus.

Elle a ajouté en m'obligeant à me tourner vers elle :

– Il faudra te méfier du feu. Il y a de la paille et du foin ici. Tu as compris ?

À peine avais-je hoché la tête qu'elle m'a entraîné vers un appentis où se trouvait le petit bois pour la cheminée que je devais approvisionner tous les jours.

– Mon mari te montrera les pâtures et les limites demain matin. Aujourd'hui il n'est pas là : il est allé à la foire vendre du bétail.

Puis elle m'a emmené vers la soue des cochons en me précisant que ce serait à moi de leur donner leur « baccade » chaque soir et chaque matin.

– Tu te méfieras de la truie. Elle est capable de mordre.

Ensuite, elle s'est approchée du puits et m'a dit :

– Tu tireras l'eau avec le seau et sa chaîne, mais c'est Lucie qui le portera à la maison. Tu n'es pas encore assez fort : tu le renverserais.

Elle s'est alors aperçue que je tremblais, et elle s'est mise en colère en me reprochant :

– Il faudra que tu apprennes à te protéger de la pluie. Il manquerait plus que tu tombes malade !

Elle m'a conduit vers la maison où elle m'a fait asseoir près du feu en ajoutant :

– T'as pas mangé à midi, bien sûr ?

– On n'a pas eu le temps.

Elle a de nouveau fait appel à la jeune servante

blonde qui m'a apporté une assiette de soupe au pain de seigle, où flottaient quelques morceaux de lard.

– Bon ! J'ai à faire ! Lucie va t'expliquer comment les choses marchent ici.

Et elle a disparu à mon grand soulagement, tandis que la servante s'asseyait face à moi, en me dévorant des yeux.

– Quel âge as-tu ? m'a-t-elle demandé.

– J'ai passé les six ans.

– Tu as froid ?

– Non, ça va mieux.

– Faut pas t'en faire ! Elle est un peu rude, mais il suffit de ne pas la contrarier.

Elle a repris en soupirant :

– Le maître, lui, c'est autre chose : il n'est jamais content de rien.

Elle avait un beau visage, Lucie, tout en rondeurs et en sourires, et j'avais l'impression que je pouvais compter sur elle pour m'habituer à ma nouvelle vie. Mais que ma mère m'a semblé loin, cet après-midi-là ! Et comme elle me manquait, déjà ! Lucie l'a compris car elle s'est rapprochée de moi, sur la salière où j'étais assis, et elle a entouré mes épaules du bras.

4

JE ME SUIS habitué, puisqu'il le fallait, et que je ne voulais pas causer du chagrin à ma mère. En plus de Lucie, vivaient dans la maison la mère du maître, qui se prénommait Ernestine, et les deux enfants : un garçon de trois ans et une fille qui était encore au berceau. Le maître, lui, restait rarement là : il surveillait ses fermiers et les obligeait à venir aider pour les gros travaux de la réserve, c'est-à-dire pour les terres qu'il avait gardées pour lui. C'était un gros homme qui marchait difficilement, avec des yeux noirs comme la nuit, et qui semblait toujours agité par quelque colère.

Je me faisais tout petit en sa présence, et j'évitais de le regarder, bien content que j'étais de partir dès le matin avec mes brebis, accompagné par Vélou, le chien labrit avec qui j'avais fait amitié. Dès mon arrivée, il avait pris l'habitude de venir dormir avec moi dans la grange et il me tenait chaud, tout en me rassurant. Si les tornes, ces âmes errantes dont j'avais entendu parler par ma mère, étaient venues me réveiller la nuit, il les aurait mises en fuite, j'en étais persuadé, aussi bien que la chasse volante ou le Lébérou, dont Lucie, la servante, paraissait avoir encore plus peur que de M. Combressol.

Je m'en allais lesté d'un peu de soupe vers la pâture que m'avait montrée le maître le lendemain de mon arrivée, déjà grelottant de froid en empruntant le mauvais sentier qui descendait vers la combe où le soleil ne pénétrait jamais. Marcher vite me réchauffait, et, une fois en bas, je ne restais pas immobile : je courais d'un côté de la combe à l'autre, ou alors j'allumais un feu de bruyère en surveillant mon troupeau avec l'aide de Vélou, à qui je parlais. Il était devenu en quelques jours mon compagnon le plus fidèle et le plus cher, pauvre enfant que j'étais dans cette solitude froide et lourde de menaces, car j'avais toujours peur des loups, de moins en moins nombreux, heureusement, depuis que les récompenses versées par la préfecture avaient décidé les paysans à les chasser.

Parfois venait me tenir compagnie Ernestine, qui avait passé la soixantaine, je crois me souvenir, mais qui paraissait beaucoup plus vieille car elle souffrait de ne plus se sentir chez elle depuis que son fils et sa belle-fille gouvernaient la maison. Son mari était mort de pneumonie un soir d'orage en rentrant les foins.

Dès lors, Martial, son fils, et Yvonne, sa bru, lui avaient fait comprendre que désormais ils dirigeraient la propriété comme ils l'entendaient. Elle n'avait pas eu la force de se rebeller, et depuis elle baissait la tête, accablée de devoir demander des permissions dans sa propre maison. Cela, c'était Lucie qui me l'avait expliqué, mais Ernestine ne se plaignait jamais auprès de moi. Au contraire, elle s'efforçait de se montrer aimable, souriait, pauvre femme qu'un peu de liberté quotidienne suffisait à consoler.

Elle m'apportait toujours quelque chose à manger : une pomme, une crêpe, une poignée de châtaignes qui m'aideraient à tenir jusqu'au soir, après avoir avalé mon chanteau de pain de midi.

– Surtout pas un mot là-haut ! me recommandait-elle. Il ne faut pas qu'ils sachent !

Je comprenais qu'elle prélevait un peu de nourriture sur celle qui lui était accordée, et je ne l'en aimais que davantage, cette femme qui se privait pour moi et trottinait jusque dans la combe froide, en sachant qu'il lui faudrait ensuite remonter vers le plateau, le souffle court, se demandant si elle y parviendrait. Elle remplaçait un peu ma mère, et elle le savait : sans doute éprouvait-elle l'impression, près de moi, de revenir au temps de sa jeunesse, à l'époque où elle avait eu un enfant, ce fils qui, aujourd'hui, ne lui adressait jamais la parole, sinon pour la réprimander.

Elle savait ce que j'endurais, moi aussi : levé avant le jour, je devais changer la litière des brebis et des six vaches, puis j'aidais à traire avant de déjeuner d'un peu de soupe, vite avalée, et de partir avec le troupeau. Ensuite, je gardais les brebis toute la journée, quel que soit le temps, et il n'était pas question de rentrer trop tôt. Je m'occupais à tailler des objets avec mon couteau, à tresser des petits paniers avec les vimes d'osier qui cernaient un point d'eau – qu'on appelait une serbe – au plus bas de la combe, à parler avec Vélou qui glissait sa tête entre mes genoux, lorsque j'étais assis, et gémissait de contentement. Mais sans visite d'Ernestine ou de Lucie, que le temps me paraissait long !

Je n'en ai jamais voulu à personne, ni à ma mère ni à mes maîtres, car je savais que c'était le lot de beaucoup d'enfants de ma condition : placés chez les autres, ils étaient « corvéables à merci », comme on dit, et ils étaient bien incapables de se révolter. À qui, d'ailleurs, auraient-ils adressé des reproches ? Ils étaient esseulés, heureux de seulement manger à leur faim, ce qui était mon cas grâce à Ernestine et aussi à Lucie qui, parfois, dans la cuisine, me glissait dans la poche un reste de la veille ou un morceau de pain dans lequel elle avait fait couler de la crème de lait.

Et pourtant je ne grossissais pas, ce qui inquiétait

ma mère, le dimanche, quand elle venait me voir, comme elle l'avait promis.

– Tu ne profites guère, mon petit ! me disait-elle. Est-ce que tu es bien traité, au moins ?

– Mais oui !

– Est-ce que tu manges à ta faim ?

Je lui parlais alors d'Ernestine, et elle s'inquiétait un peu moins pour moi. Nous partions sur les chemins pendant une heure ou deux, et chaque fois elle me donnait un beignet doré, bien sucré, qu'elle avait acheté la veille, et je le savourais en le tenant de la main gauche alors que de la droite, je serrais la sienne, comme pour l'empêcher de repartir et de me laisser seul.

Au printemps, quand les jours rallongeaient, elle restait plus longtemps ; mais en été, avec les gros travaux, on travaillait même le dimanche, et elle venait me retrouver aux endroits où je besognais, et, comme elle aurait eu honte de regarder sans rien faire, elle prenait une fourche ou un râteau et œuvrait près de moi. Ces soirs-là, je l'accompagnais un peu plus loin sur la route, et je revenais sur mes pas le cœur lourd, en m'efforçant de penser au dimanche suivant, quand elle apparaîtrait et me serrerait dans ses bras.

Tout ça aurait pu durer longtemps si je n'étais tombé gravement malade l'année d'après mon arrivée chez les Combressol. Un an plus tard : en décembre, précisément. Il faisait très froid et j'avais dû courir avec Vélou après mes bêtes qui s'étaient enfuies après avoir été effrayées par une harde de sangliers. Elles étaient comme devenues folles, et il m'avait fallu près de deux heures avant de pouvoir les ramener vers le pacage qu'elles n'auraient jamais dû quitter. J'étais en sueur, et il faisait moins deux degrés dans la combe où la lisière des bois demeurait gelée tout au long du jour.

Dès que je me suis mis à trembler, j'ai voulu allumer du feu, mais j'avais oublié mes allumettes. Il n'était pas question de remonter, car le maître était présent là-haut. Alors je me suis mis à courir tant que j'ai pu, jusqu'à ce que mes jambes ne me portent plus. J'ai serré Vélou contre moi, et il m'a semblé que j'avais moins froid, au moins pendant une heure. Et puis je me suis remis à trembler, au point de ne pouvoir appeler mes brebis, car je claquais des dents…

Mais qu'est-ce que je raconte là, si longtemps plus tard ? Est-ce que des enfants d'aujourd'hui ont besoin d'apprendre ce qu'ont vécu les enfants d'autrefois ? Je n'en suis pas sûr. Après tout, il me suffit de savoir que la grande majorité ne le vivra plus, et heureusement ! Du moins en France, car hélas, dans le monde, beaucoup souffrent encore autant que j'ai souffert, ce mois de décembre-là, quand la pneumonie m'a couché pour un mois et m'a laissé entre la vie et la mort, au grand désespoir de ma mère que je ne reconnaissais même pas quand elle venait le dimanche et me rejoignait dans la chambre où les Combressol, très inquiets, m'avaient transporté sur les recommandations du médecin appelé seulement au bout de trois jours. Mais il n'existait pas d'antibiotiques à l'époque, et les médicaments étaient rares ou ne faisaient pas beaucoup d'effet.

J'ai survécu. Je n'avais que la peau sur les os, mais j'ai survécu. Il faut croire que j'avais envie de vivre malgré les difficultés de mon existence d'alors, qu'un instinct de survie me poussait à croire que ma vie serait heureuse, et, de fait, si je la considère avec le recul nécessaire, elle l'a été plus que je ne l'espérais. D'ailleurs, cette pneumonie qui a failli me tuer m'a délivré de ma condition de petit domestique de ferme. En effet, ma mère, qui avait eu si peur de me perdre, s'est sacrifiée pour moi, et je ne l'ai jamais oublié.

Depuis quelque temps, le notaire qui l'employait la pressait de s'unir à l'un de ses cousins qui venait d'acheter une petite propriété près de Croisillac, au lieudit « Loubatié ». Cet homme était jeune mais il avait survécu à la guerre car il avait été fait prisonnier en 1915. À son retour, il avait touché sa part de l'héritage familial et avait pu acheter dix hectares de bois et de pâtures, du fait que les grands propriétaires étaient contraints de vendre car ils ne trouvaient plus assez de bras pour cultiver les terres, après l'hécatombe de la Grande Guerre.

L'homme en question, qui se prénommait Félicien, semblait un colosse aux traits lourds, avec un bec-de-lièvre qu'il dissimulait sous une épaisse moustache, une sorte d'ours mal léché qui m'a fait très peur lorsque je l'ai vu pour la première fois. Mais ma mère, après la pneumonie qui avait failli me faire disparaître, était prête à tout pour me reprendre avec elle et me préserver du sort qui m'était fait. Elle avait accepté ce mariage, malgré le souvenir de son époux disparu, à la condition de me garder près d'elle. Cette sainte femme m'aimait plus que tout au monde, et s'apprêtait à vivre avec un homme qu'elle n'avait pas choisi, afin de ne plus jamais me quitter et de veiller sur moi.

5

LE MARIAGE a eu lieu le 12 mai 1923, à Croisillac : un gros bourg aux maisons coiffées d'ardoises, où j'ai eu le plaisir d'aller à l'école : une chance que je n'aurais jamais espérée. Car Félicien n'était pas l'ours que je croyais : il avait un grand cœur, et pour ma mère, le plus profond respect. Sans doute l'avait-elle deviné en le rencontrant à plusieurs reprises dans la demeure de son cousin le notaire, et c'est ce qui l'avait déterminée : elle avait dû imaginer pour moi un avenir plus souriant et bâtir des projets, où le fait d'aller à l'école me permettrait d'accéder à une condition meilleure que celle à laquelle, comme elle, sans la moindre instruction, j'étais voué. Et elle avait posé des conditions que Félicien avait acceptées.

Je n'ai jamais pu lui dire, à cette pauvre femme, tout ce que je lui devais. Chaque fois que j'ai essayé, elle a levé une main comme pour m'interdire de parler. Il y avait des mots qui ne pouvaient être prononcés entre elle et moi, à cause du souvenir de mon père qu'elle était persuadée d'avoir trahi. Et pourtant, quand elle s'est remariée, il était mort depuis huit ans, et elle en avait trente. Mais elle n'a jamais pu l'oublier, je le sais : il me suffisait de la trouver pensive, ou rêveuse, le soir à la veillée, pour savoir qu'elle s'imaginait ailleurs, tandis que Félicien, tourné vers la cheminée où il pelait les châtaignes, n'existait plus, soudain, et pas même moi, peut-être, si elle était partie vers celui qu'elle avait aimé – si peu de temps – avant de le perdre à jamais !

De ce mariage je me souviens très peu, comme si moi aussi j'avais voulu l'effacer de mon esprit. Après l'église et la mairie, nous sommes repartis, à pied, vers le hameau où nous allions habiter et où s'est tenu un banquet avec une vingtaine de personnes endimanchées, dont certaines ont chanté jusqu'au soir. Mais personne n'a dansé : trop de disparus hantaient encore les mémoires de ceux qui étaient présents et se souvenaient de ces hommes dont l'absence laissait un grand vide dans les familles.

Ce hameau abritait six maisons basses, aux fenêtres étroites, distantes les unes des autres d'une cinquantaine de mètres, quelques dépendances, granges ou étables, dont deux encore coiffées de chaume, tout cela en lisière des bois de sapins et de châtaigniers.

Des pâtures étaient cernées par ces bois, où l'herbe était grasse au printemps et en automne, et, plus loin, des champs de seigle, d'orge et de blé noir permettaient de suffire aux besoins des bêtes et des hommes. La terre était meilleure que celle des Combressol, et l'altitude, légèrement inférieure, rendait la vie un peu moins rude que là-haut, sur le haut plateau, où les hivers étaient interminables.

La maison de Félicien était une bâtisse longue et basse, avec une grange attenante qui abritait six brebis et trois vaches. Ce n'était pas la richesse, mais la suffisance, ou presque. Avec le pain de seigle, les crêpes de blé noir, les châtaignes, les volailles, le lait, le beurre que barattait ma mère, les pommes de terre, le gibier – lièvres et sangliers –, les champignons, on pouvait vivre à trois, à condition de n'être pas trop exigeants, ce qui était le cas. Il me faut dire qu'à l'époque on savait se contenter de peu. C'était un temps où le superflu n'était pas encore devenu le nécessaire. Le peu d'argent du ménage provenait de la vente de quelques agneaux, d'un veau, des œufs et des pommes de trois pommiers de plein vent, quand nous en avions assez pour nous.

Mais Félicien n'était pas regardant sur les dépenses. Il était tellement laid qu'il nourrissait une véritable adoration pour ma mère, et donc pour moi. Il ne revenait jamais de la foire sans me rapporter quelque menu présent : le plus souvent un petit pain doré agrémenté d'un sucre délicieux. Et surtout, surtout, au moment de l'école, il ne cherchait pas à me retenir à la ferme.

– Va, « paouro éfon » ! me disait-il.

C'était son expression favorite : il s'en servait à tout moment ; « paouro éfon » – pauvre enfant –, même quand il parlait d'un adulte, comme si pour lui tous les êtres vivants étaient des enfants. Il avait été dévasté par ce qu'il avait vécu avant d'être fait prisonnier, et surtout par les derniers mois de la défaite allemande et les horreurs qu'elle avait provoquées. Sans doute étais-je devenu moi aussi un de ces enfants-là, qu'il devait plaindre et protéger. Il ne parlait jamais de sa détention, on ne savait s'il l'avait passée à la campagne, dans l'usine d'une grande ville, ou dans un camp de prisonniers. Mais ses yeux trahissaient de ses trois années de détention une épouvante qui le faisait pleurer parfois, le soir, sans raison apparente.

– « Paouro éfon » ! gémissait-il.

Nous savions, ma mère et moi, qu'il ne fallait pas lui adresser la parole dans ces moments-là, et nous continuions notre ouvrage, ma mère à son tricot ou à la confection de ses cabas de paille de seigle tressée, et moi à mes devoirs, ramenés précieusement de l'école.

Ah, cette école ! Comment l'aurais-je oubliée ? Il y

avait trois kilomètres entre Loubatié et Croisillac, mais jamais je n'ai trouvé long le trajet. Même l'hiver, quand la neige et le gel rendaient la marche difficile, entre les ombres froides des bois. Heureusement, je n'étais pas seul ; nous étions trois du hameau à partir chaque matin : Éléonore, Baptistin et moi : trois enfants qui avions cette chance de pouvoir apprendre à lire, à écrire et à compter.

Je nous revois glisser entre les fougères gelées au bord du sentier, portant chacun une musette qui contenait un livre, un cahier, et notre repas de midi : du pain, du fromage et une pomme. Nous nous installions près du poêle de la classe unique où officiait un instituteur qui était revenu de la guerre avec une jambe de bois. Il s'appelait M. Pagnoux, était vêtu d'une blouse grise, paraissait sévère d'aspect et l'était vraiment. Sa blessure l'avait rendu acariâtre, et il menait sans pitié son combat contre l'analphabétisme et le patois.

Car il est vrai que nous ne parlions que ce patois limousin dont usaient nos parents, la langue française n'ayant pas encore imprégné les régions reculées comme l'était la nôtre, en dehors des grandes voies de communication, où les gens vivaient entre eux, sans véritable contact avec le monde extérieur, sinon, pour les hommes, un départ au service militaire qui les arrachait à leur terre et à leur famille.

Interdit, donc, le patois, dans la classe unique qui regroupait les plus petits, les moyens et les candidats au certificat. Les coups de règle sur les doigts décourageaient ceux qui se laissaient aller à la langue occitane telle qu'elle était pratiquée, sur ces hautes terres, depuis des siècles. J'ai eu ma part, au début, mais je n'en ai jamais voulu à cet homme qui pensait agir pour notre bien : parler le français, le lire, l'écrire, et acquérir l'instruction qui nous permettrait de vivre mieux et d'élever plus tard une famille dans des conditions meilleures que celles que nous connaissions.

J'en avais peur, mais je l'ai aimé, cet homme, et respecté bien au-delà de ce qu'il pouvait imaginer. Je devinais que je buvais à une source qui m'aiderait à devenir plus grand, plus fort, capable de me défendre et de défendre les miens – ma mère et Félicien en particulier, dont la conversation, le soir, sous la lampe à pétrole me faisait mesurer dans quelle ignorance et quelle fragilité ils vivaient. Je ne me faisais pas prier pour leur raconter ma journée, ce que j'avais appris et comment. Ma mère s'en réjouissait tandis que Félicien se demandait – « paouro éfon ! » – si ma tête n'allait pas éclater.

Je leur lisais une page de mon livre de lecture, et je devais traduire en même temps, surtout pour ma mère, un peu moins pour Félicien qui avait entendu parler français pendant son service militaire, mais avait repris son parler limousin dès son retour. Comment croire une chose pareille, passé l'an 2000 ? Comment imaginer que j'ai connu ça, moi, pour des enfants d'aujourd'hui qui manient des ordinateurs et sont reliés au monde entier ? C'est pourtant la vérité, et je n'ai jamais oublié à qui je devais cette chance, malgré les coups de règle sur les doigts et des nuits d'insomnie à la pensée d'une leçon à réciter le lendemain, debout, près du bureau, sous le regard impitoyable d'un homme entièrement dévoué à sa mission.

6

L'ÉCOLE ne me dispensait pas du travail à la ferme, surtout à la belle saison. Alors j'allais garder les bêtes dès mon retour, sans oublier mon livre de lecture. Ce n'était pas le cas en hiver, la nuit tombant trop tôt. Aux vacances de printemps, je rentrais vers midi pour faire téter les veaux, et je repartais après avoir mangé. Le matin, je ne m'en allais jamais sans aider ma mère à traire, et le soir j'étais chargé de faire la litière des vaches et de rentrer le bois avant de souper. C'était seulement après que je pouvais me pencher sur les devoirs, mais c'était bien le moins que je leur devais, à cet homme et à cette femme qui s'échinaient à longueur d'année sur cette terre maigre, sans matériel, car tout était fait à la main à l'époque : une faucille pour les foins et les moissons, on battait au fléau, on utilisait une charrue à un seul versoir pour les labours, une charrette pour rentrer les récoltes, une hache et une scie pour couper le bois de l'hiver.

Heureusement, tout le monde s'entraidait à Loubatié. Les tracteurs et les moissonneuses-batteuses n'avaient pas encore rendu les paysans indépendants, et chacun « prêtait la main », notamment à l'occasion des foins, des moissons, et lors du dépiquage qui se terminait par un grand repas dans la cour de la ferme, sous la clarté des étoiles, au son des refrains de l'ancien temps, le vin aidant les hommes et les femmes, épuisés par le labeur du jour, à veiller et à chanter. Il est vrai que les distractions étaient rares. C'est seulement après Notre-Dame d'août qu'on retrouvait un peu de répit, mais déjà il fallait s'occuper du bois pour l'hiver, et je partais dès l'aube avec Félicien vers la forêt qui commençait à roussir après la chaleur de l'été. Il ne faisait pas froid et j'aimais cette saison tendre qui annonçait aussi les châtaignes et les champignons.

Félicien emportait dans sa musette notre repas de midi. Il coupait les arbres avec sa hache et son « coin » avec lequel il faisait basculer l'arbre du bon côté, puis je l'aidais à ébrancher avec une serpe, et ensuite à scier les troncs avec une scie à deux manches – le passe-partout – qu'il fallait tirer et pousser en prenant bien soin de ne pas tordre la lame pour ne pas la casser. Pendant ce travail, Félicien ne prononçait pas un mot.

Il buvait de temps en temps une gorgée de cidre et me tendait la bouteille sans rien dire. Et puis venait midi, et il me disait en rejetant sa casquette noire en arrière de son front couvert de sueur :

– « Anen mindza, paouro éfon. »

On s'asseyait face à face sur la base des troncs abattus, et il sortait de sa musette du pain, du fromage, des châtaignes blanchies, quelques pommes. Nous mangions sans un mot, dans la bonne odeur de la sciure et du bois coupé, mais je sentais son regard posé sur moi, comme si je le faisais se souvenir d'un temps où il vivait loin de nos bois, dans l'Allemagne lointaine. Je n'osais pas l'interroger, car je devinais qu'il souffrait, cet homme qui m'avait adopté comme un fils, alors que je ne lui étais rien. J'ai fini par le considérer comme mon père, d'autant plus facilement que je n'avais jamais connu le mien, et je crois que Félicien en était heureux, même s'il était incapable de l'avouer.

– « Anen » ! Il fera froid cet hiver ! lançait-il en se levant.

Et nous reprenions notre travail de coupe et d'ébranchage qui durait presque un mois, autant dire jusqu'au premier jour de l'école qui commençait, à l'époque, en octobre. En principe, du moins, car les paysans gardaient le plus souvent leurs enfants jusqu'à la Toussaint, pour continuer à garder les bêtes avant qu'on ne les rentre aux premiers froids, s'occuper des pommes de terre et ramasser les châtaignes.

Quelquefois j'avais la chance d'éviter cette corvée que je n'aimais pas, car je me piquais les doigts sur les bogues, et j'en souffrais longtemps. Surtout pour tenir mon porte-plume à l'école, si une piqûre s'infectait, mais on ne s'arrêtait pas à de si petites blessures à ce moment-là. Les châtaignes blanchies, si douces et légèrement sucrées, représentaient la nourriture essentielle de ce temps, et il m'arrive aujourd'hui d'en retrouver le goût, la caresse, quand je prends l'initiative, à la fin de l'automne, de les peler puis de les débarrasser de leur peau de tanin amer, de les faire blanchir et, une fois rassasié, le lendemain, de les manger avec du lait ou dans ma soupe de midi. Ce luxe dérisoire de mes vieux jours est incompréhensible à d'autres, évidemment, mais quel plaisir, pour moi, de retrouver les sensations de cette période de ma vie !

Plus que de faire provision des châtaignes pourtant indispensables, je préférais « faire la feuille » avec Félicien, quand les arbres étaient nus : il s'agissait de rassembler les feuilles déchues avec un grand balai d'ajoncs, et, mêlées de quelques fougères coupées à la faux, de les transporter dans l'étable pour la litière des bêtes, car nous n'avions pas assez de paille, nos deux champs de seigle et d'orge étant trop petits.

Enfin, dès que les plus gros travaux étaient terminés, le hameau s'endormait en attendant la neige qui ne m'empêchait pas de partir à l'école. Rien ni personne n'aurait pu me retenir, au matin, quand tout était blanc jusqu'à la cime des sapins, et que le froid vif me gelait le nez et les oreilles, sans parler des pieds, que mes socques protégeaient à peine.

Un cache-nez de laine autour du cou, harnachés de frusques de la tête aux pieds, nous partions courageusement, Éléonore, Baptistin et moi, vers le poêle de la classe qui ronflait depuis l'arrivée des premiers élèves, et il n'était pas rare de souffrir de l'onglée, tant nous étions impatients de réchauffer nos mains au-dessus de la fonte brûlante.

À notre retour, à la mauvaise saison, les veillées rassemblaient tous ceux du hameau dans chaque maison, à tour de rôle. Cinq familles plus la nôtre, qui se réunissaient afin de peler les châtaignes ou, pour les femmes, faire du tricot. Quelquefois elles chantaient, le plus souvent des refrains religieux car toutes les familles étaient très pieuses et fréquentaient l'église, en particulier au moment de Noël. Je garde précieusement le souvenir de la messe de minuit à Croisillac, lorsque nous partions avec nos lanternes, sur la charrette tirée par notre ânesse Joséphine, serrés les uns contre les autres pour nous tenir chaud, alors que les cloches résonnaient joyeusement dans la nuit, sous le fourmillement des étoiles qui me semblaient pleuvoir sur les bois sombres, pleins de mystères et de secrets.

Au printemps, quand les beaux jours revenaient, on commençait à sortir les bêtes, en général pour les vacances de Pâques. Il faisait moins froid, et, avec Éléonore et Baptistin, nous emmenions nos troupeaux dans les communaux, afin de ne pas épuiser trop vite nos propres pâtures. Ces communaux se trouvaient loin du hameau, mais nous nous y rendions avec plaisir, car ils étaient exposés au sud, dans une clairière qui voyait le soleil presque tout le jour. Nous jouions alors à fabriquer des paniers d'osier ou à sculpter des objets avec nos couteaux et nous partagions nos provisions à midi, non sans inventer des contes destinés à nous faire peur. Alors nous courions nous cacher au milieu du troupeau, guettant le loup-garou ou la bête faramine qui allaient nous dévorer.

Il y avait d'autres enfants à Loubatié, mais ils étaient plus jeunes ou plus âgés que nous trois : les premiers restaient près de leur mère, les plus âgés ne fréquentaient plus l'école et aidaient leur père. Éléonore avait mon âge et Baptistin un an de moins. C'était une fillette brune, vive, joyeuse, que la vie, hélas, n'a pas gâtée. Elle est partie servante en ville et s'est mariée avec un homme qui la maltraitait. Baptistin, lui, est devenu apprenti charpentier à Tulle car il avait un frère aîné, et c'est ce dernier qui est resté à la propriété. Baptistin est mort dans cette ville en juin 1944, assassiné par les nazis de la division *Das Reich* qui remontaient vers la Normandie. En écrivant cela, je mesure combien nos vies nous appartenaient peu, et à quel point elles décidaient pour nous, à l'époque, sans que nous puissions nous opposer à une sorte de fatalité impossible à combattre. Heureusement, il n'en est pas de même aujourd'hui, et je me félicite du fait que mes enfants et petits-enfants soient davantage maîtres de leur destin que nous ne l'étions, nous, dans ces années où manger à sa faim, ne pas avoir froid l'hiver, apprendre à lire et à écrire satisfaisaient les rêves les plus grands.

7

CES ANNÉES-LÀ ont été pour moi des années heureuses. Ma mère et Félicien veillaient sur moi, me donnaient toute l'affection et tous les soins nécessaires, n'hésitaient pas à se priver d'un peu de fromage ou d'une pomme, si nous en manquions, pourvu que je mange à ma faim. Parfois, ma mère oubliait le passé, souriait, et je la surprenais à chantonner. Félicien, lui, ne savait que faire pour la contenter, et c'est ce qui les a rapprochés, sans doute, au point que ma mère est tombée enceinte en 1926, à trente-trois ans. Elle a accouché dans notre maison en novembre d'un garçon qui n'a pas vécu. Je n'ai pas deviné à quel point ils en avaient été ébranlés tous les deux, car Félicien répétait en la voyant malheureuse, à la suite de cette disparition :

– Ça ne fait rien, Marie, nous avons déjà un petit.

C'est de moi qu'il parlait, et je comprenais qu'il lui faisait plaisir, malgré son chagrin, quand elle hochait la tête en entendant ces paroles et que ses yeux se portaient sur moi, y demeuraient attachés, comme au temps où nous vivions seuls à la ferme du Pradel.

Les conséquences de cette grossesse mal terminée l'ont empêchée, je crois, de retomber enceinte. Je suppose qu'elle en a été soulagée, non pas seulement parce qu'elle pouvait redouter une même issue, mais aussi, sans doute, parce qu'elle s'inquiétait d'avoir à élever un enfant supplémentaire avec si peu de moyens et tant de privations.

Mais moi, comment aurais-je été malheureux, près de cet homme et de cette femme qui ne pensaient qu'à mon bien-être, le plus souvent avant le leur ? Au souvenir des mois passés chez les Combressol, j'avais tout le loisir de mesurer à quel point ma petite vie avait changé, et la chance que j'avais, désormais, de grandir en leur compagnie.

Et pourtant, le travail était rude, difficile, aussi bien en forêt que dans les champs, et nous n'avions que nos bras pour en venir à bout. Mais c'était le sort de toutes les familles, sur ces terres hautes, acides, froides, et nul ne perdait l'occasion de se distraire lors des veillées ou dans les foires, nombreuses, alors, pour favoriser les échanges de populations isolées.

Je garde de cette époque le souvenir ébloui de mon premier voyage à Tulle : la plus proche des grandes villes de la région, où nous nous sommes rendus en charrette, malgré les quatre heures de route nécessaires. Je ne connaissais qu'Égletons et Croisillac, qui étaient des gros bourgs, mais qui n'avaient pas l'importance de la préfecture, où, prétendait Félicien, tout se vendait, tout s'achetait, dans des foires gigantesques qui drainaient la population des plaines d'en bas mais aussi du plateau.

Nous sommes partis à trois heures du matin, en juin, je crois, sur la charrette tirée par Joséphine, que, le plus souvent, Félicien menait par la bride pour la soulager d'une trop forte charge à tirer. J'étais assis près de ma mère qui avait pris mon bras, non pour me réchauffer, car il ne faisait pas froid, mais sans doute pour me sentir plus proche d'elle. Il nous a fallu longtemps pour traverser le plateau avant de parvenir à l'interminable descente vers la grande ville. Pensez si j'étais impatient d'y arriver, après tout ce qu'on m'en avait dit ! Mais j'avais l'impression que nous n'y parviendrions pas, tant la route paraissait ne jamais pouvoir sortir des bois que nous traversions.

Vers six heures du matin, enfin, l'horizon s'est ouvert brusquement, et de nombreux attelages semblables au nôtre sont apparus, nous escortant avec une hâte que favorisait la descente enfin amorcée. Le jour s'est levé, effaçant les lumières qui étaient apparues en bas, très loin, sur notre droite, et l'impatience s'est emparée de moi lorsque nous avons atteint la grand-route où les charrettes et les bestiaux avançaient au pas, tant ils étaient nombreux, maintenant, à l'approche de la foire.

Enfin arrivé à proximité de la place du centre-ville, une heure plus tard, je n'en ai pas cru mes yeux ni mes oreilles : la cathédrale, d'abord, dont les cloches sonnaient à la volée, m'a paru atteindre le ciel, et je me suis demandé comment des hommes avaient pu construire un édifice aussi haut sans tomber.

Tout autour s'étendait la place du marché avec ses étals offerts aux regards sous de longues toiles, où les étoffes de toutes les couleurs se répondaient. Des robes, des jupes, des tabliers, des châles, des tissus inconnus, des chapeaux enrubannés, tout me paraissait chatoyant, tellement plus beau que nos vêtements sombres, noirs, bruns ou gris, des pilous ou des lainages de paysans du plateau. Les hommes et les femmes de la ville se reconnaissaient facilement à leur mine assurée, leurs vêtements bien coupés, leurs cheveux soignés, et l'indifférence qu'ils manifestaient face à l'agitation de la place où, de temps en temps, un âne ou un cheval échappé des enclos proches de la rivière venait renverser un étal ou un imprudent qui ne s'était pas garé assez tôt.

Félicien avait eu du mal à trouver une place à l'extrémité du marché et à s'installer pour vendre le peu que nous avions apporté : des girolles, une douzaine d'œufs, trois cabas en paille tressés par ma mère, et, surtout, un veau auquel j'étais attaché, car je l'avais nourri au biberon quand il était trop faible pour téter sa mère. Il fallait pourtant le céder pour acheter ce dont nous avions besoin. Sans doute pour que je ne le voie pas partir, ma mère m'a dit d'aller me promener, sans trop m'éloigner pour ne pas me perdre. J'ai longtemps hésité avant de m'en aller, intimidé par ce monde nouveau, puis je suis parti dans les rues où s'ouvraient les volets des commerces, dont les vitrines apparaissaient, incroyablement bien achalandées pour moi qui ne connaissais rien des grandes villes.

J'ai erré un long moment, regardant de tous mes yeux ces hommes, ces femmes et ces enfants étrangers à mon univers quotidien ; ces hautes maisons à trois ou quatre étages aussi mystérieuses pour moi que des châteaux hantés, ces boutiques où j'apercevais des objets inconnus, dont je me demandais à quoi ils pouvaient bien servir. Combien j'étais innocent à cette époque, et faible, et fragile, devant ce qui n'était finalement que la vie ordinaire des villes ! Mais nous vivions si isolés, si loin des vallées, que tout ce que je ne connaissais pas me paraissait hostile, menaçant.

Je suis revenu vers Félicien et vers ma mère qui avait vendu ses cabas vingt sous chacun et qui était contente.

– Emmène-le acheter quelque chose, a dit Félicien. Je ferai seul, ici.

Il désirait m'éloigner une nouvelle fois, car le petit

veau était toujours là et il me semblait qu'il m'appelait à son secours. Ma mère a hésité un peu, puis elle m'a pris la main et nous sommes partis dans la ville où nous avons marché lentement, observant les vitrines des commerces qu'elle paraissait découvrir comme moi.

Elle s'est arrêtée devant l'une d'entre elles, qui proposait des sabots bien différents de ceux que je connaissais : non pas de simples socques en bois comme nous en portions tous, mais des jolis sabots vernis, avec des dessins incrustés sur le dessus, et une bride en cuir rouge qui tranchait sur la couleur vert pomme et en rehaussait l'éclat.

– Sont-ils beaux ! a-t-elle dit. Tu mérites d'en avoir une paire pour l'aide que tu nous apportes. C'est entendu avec Félicien.

– Non ! Ce n'est pas la peine ! ai-je répondu.

Comment lui aurais-je expliqué qu'ils étaient trop beaux pour moi, que je ne me sentais pas assez méritant pour en posséder de pareils ? J'avais vu qu'ils coûtaient six francs, et j'avais compris qu'elle ne disposait que des trois francs de la vente de ses cabas – à l'époque, un franc représentait vingt sous. Que resterait-il pour elle, pauvre femme qui m'avait toujours donné plus que ce qu'elle possédait ?

– On repassera, a-t-elle dit. Allons voir plus loin. Qui sait si nous n'en trouverons pas de plus beaux encore ?

J'étais bien persuadé que c'était impossible. Et pourtant toutes les boutiques qui se succédaient, depuis la rivière jusqu'à la cathédrale et au-delà, exposaient des trésors inimaginables. En revenant vers le marché, peut-être pour me faire oublier les sabots, elle m'a acheté à une boulangerie une sorte de merveille dont le sucre a parfumé ma bouche un long moment, puis nous avons rejoint Félicien qui, enfin, avait vendu le veau.

– Alors ? a-t-il demandé. Qu'avez-vous acheté ?

– Il n'a pas voulu des sabots, a dit ma mère.

– Comment ça ? Il ferait beau voir !

Et, s'adressant à moi :

– Tu vas venir avec moi ! Il ne nous reste à vendre que les œufs.

Puis, à ma mère :

– Occupe-t'en, Marie ! J'emmène le petit.

Bon gré mal gré, je l'ai suivi vers la boutique aux si beaux sabots. Là, il a fallu que j'accepte de les prendre, non pas aux pieds – j'aurais eu trop peur de les abîmer –, mais dans les mains, les portant comme un objet précieux, un peu honteux, mais tellement content, au fond de moi, de ce trésor qui m'était offert.

Ensuite, nous sommes revenus vers ma mère qui avait vendu les œufs, et j'ai caché mon trésor dans son grand cabas, de peur qu'on me le vole. Après quoi nous avons rangé nos paniers et nous sommes partis tous les trois, « pour faire la foire », comme disait Félicien, qui a tenu à ce que ma mère entre dans une boutique de vêtements pour y acheter non pas un tablier, mais une robe, une vraie robe, qu'elle puisse mettre le dimanche pour aller à la messe. Elle était belle, cette robe bleue aux épaulettes blanches, et je n'en avais jamais vu de pareille. Plus loin, Félicien a acheté une veste et un pantalon de velours, des outils, et, pour Joséphine, un harnais tout neuf. Enfin, les cloches de la cathédrale ayant sonné midi, il nous a entraînés dans une auberge proche de la rivière Corrèze en disant :

– C'est fête aujourd'hui ! Et ce n'est pas si souvent. Tâchons de bien en profiter !

Là, dans une grande salle où nous avons eu du mal à trouver une place tant il y avait de monde, une servante vêtue de noir et d'un tablier blanc nous a fait asseoir tout au fond, près des cuisines, et nous avons mangé une soupe délicieusement épaisse et parfumée au lard, un ragoût de porc et de pommes de terre et, merveille des merveilles, du pain blanc – du pain de vrai froment léger comme une plume. Tout cela avec du vin de Cahors qui m'a laissé la tête enfumée et les jambes mal assurées, surtout quand il a fallu se lever et repartir vers le plateau.

Mais quelle fête ! Et quel souvenir, pour moi, qui en ai rêvé des mois et des mois, d'autant que les sabots verts sont restés dans ma chambre – je n'ai jamais osé les porter – et que chaque soir je m'endormais dans leur parfum de cuir bien graissé, près de mon oreiller !

8

POSSÉDER de tels sabots et ne pas pouvoir les porter ! Qui le comprendra aujourd'hui ? Mes petits-enfants et mes arrière-petits-enfants ? Des lecteurs inconnus et qui n'auront pas vécu ce temps-là ? Est-ce qu'il est bien nécessaire de savoir que la beauté paraît interdite à ceux qui ne l'ont jamais connue ? Et pourtant je ne me sentais pas pauvre à ce moment-là de ma vie. Je ne l'ai su qu'après avoir découvert le monde et côtoyé d'autres gens, d'autres lieux. Non ! J'étais heureux, tout simplement, et je l'ai été réellement jusqu'à l'année de mon certificat d'études, que j'ai obtenu comme premier du canton, à la grande satisfaction de ma mère et de Félicien.

Je n'en ai ressenti aucun mérite, car l'école me plaisait, et apprendre représentait pour moi une récompense. Mon instituteur, M. Pagnoux, m'avait annoncé, le soir du certificat, qu'il viendrait parler à mes parents, mais cela m'avait paru impossible, tant il y avait de distance, pour moi, entre l'école et notre maison de Loubatié. Deux mondes différents, impossibles à faire communiquer.

Et cependant, mon maître d'école – comme on disait alors – est apparu un soir, vers six heures, alors que nous finissions d'engranger le foin des deux maigres pâtures que nous possédions. C'est moi qui l'ai vu le premier descendre de la petite charrette tirée par un cheval bai que je connaissais bien, car c'est lui qui nous avait conduits au chef-lieu de canton le jour du certificat. Félicien se trouvait encore dans la grange, et ma mère était rentrée pour préparer le repas du soir. Je me suis réfugié auprès d'elle comme pour la protéger, tout en me demandant si je n'avais pas rêvé. Mais quand on a frappé à la porte et que j'ai aperçu la silhouette redoutable sur le seuil de pierre, j'ai compris qu'il allait se passer quelque chose d'extraordinaire dans ma vie. Ma mère a sursauté, et, devant cet homme inconnu qui se tenait bizarrement penché sur sa jambe de bois, elle a reculé d'un pas.

– C'est mon maître d'école, ai-je dit aussitôt pour la rassurer.

Elle s'est alors approchée, surprise et intimidée, tandis que M. Pagnoux s'avançait, tenant sa canne d'une main.

– Il faut que je vous parle, madame, a-t-il dit de sa voix forte et rocailleuse.

Et, comme ma mère ne réagissait pas :

– C'est au sujet de votre fils.

– Il a fait des bêtises ? a demandé ma mère, affolée.

– Non ! Pas du tout ! Bien au contraire ! Je n'ai que des félicitations à lui prodiguer.

– Eh bien, asseyez-vous !

Le maître a eu du mal à se glisser entre la chaise de paille et la table, puis il y est parvenu en laissant sa canne appuyée contre son pilot de bois que ma mère venait de remarquer.

– Un souvenir de la guerre, a-t-il dit. Émilien est habitué à le voir, lui.

À cet instant, Félicien est entré et s'est arrêté brusquement, intrigué lui aussi par cette présence inconnue.

– Ne vous inquiétez pas, a dit M. Pagnoux, mais sans se lever. Je suis l'instituteur de votre fils.

À raconter tout ça, je m'aperçois qu'il est impensable aujourd'hui de croire que des parents n'aient jamais fait la connaissance du maître d'école de leur fils, depuis des années qu'il la fréquentait. Et pourtant c'est la vérité : nous n'habitions pas à Croisillac, je n'avais jamais connu le moindre problème à l'école, et mon bulletin scolaire suffisait à combler mes parents qui, au reste, n'auraient jamais osé demander une entrevue à un homme si instruit et si important.

– Vous boirez bien quelque chose ? a dit Félicien dès qu'il a été capable de réagir.

– Volontiers ! Un grand verre d'eau de votre puits, car il fait bien chaud.

– Nous avons du vin ou du cidre.

Félicien ignorait que les instituteurs de la République étaient des ennemis de l'alcoolisme sous toutes ses formes, et qu'une carte murale dans la salle de classe exposait le foie terrifiant d'un moribond terrassé par ce vice.

– De l'eau, s'il vous plaît, car j'ai très soif.

– Comme vous voudrez ! a dit Félicien avant de prendre place près de ma mère à l'opposé de la table, tandis que je demeurais debout, un peu en retrait.

Le maître a bu son verre en entier, s'est essuyé les moustaches et a commencé sans hésiter, de sa voix ferme, dont j'avais eu si peur, au début :

– Voilà ! Émilien a été reçu premier du canton et ses qualités ne sont pas ordinaires : il est intelligent, travailleur, bien honnête et il mérite de poursuivre des études.

J'avais secrètement espéré pouvoir continuer après le certificat, mais jamais je ne l'avais avoué à ma mère et à Félicien qui trimaient à longueur de journée et avaient tant besoin de moi. Je crois aussi que cette idée ne leur était jamais venue à l'esprit. Le certificat, à cette époque-là, était un gage d'instruction suffisant pour s'engager dans la vie sur une bonne voie. Ni ma mère ni Félicien n'étaient allés jusque-là. Dès lors que l'on savait à peu près lire, écrire et compter, c'était bien suffisant pour faire face aux tracas quotidiens, tellement nous vivions isolés, dans ce hameau perdu sur ce plateau où les voyageurs étaient rares.

Mais j'espérais quand même que quelque chose arriverait, pour me permettre de réaliser mon rêve, pauvre enfant que j'étais, incapable d'oser l'avouer à ceux qui avaient tant besoin de moi. J'ai senti mon cœur s'emballer, ce soir-là, quand le maître a continué, devant le silence de ma mère et de Félicien :

– Je le crois capable de suivre le cours supérieur et, à la fin de l'année prochaine, de passer le concours des bourses pour entrer à l'EPS, et qui sait, plus tard, celui de l'École normale pour devenir instituteur, comme moi.

Mes parents paraissaient aussi stupéfaits que moi. Félicien a bu un verre de vin, et ma mère m'a regardé comme si elle ne me reconnaissait pas.

– Alors ? Qu'en dites-vous ? a demandé le maître.

Et il a ajouté, après un instant de réflexion :

– S'il est reçu au concours des bourses, il ne vous en coûtera rien.

Comme je l'ai aimé, cet homme-là, en ce soir de juillet si lumineux ! Et pourtant j'ai senti que ma mère se fermait, comme si ce projet la frappait de plein fouet, et j'ai deviné pourquoi : elle avait consenti à son mariage avec Félicien pour m'assurer un avenir sur des terres qui, sans doute, me reviendraient un jour, et voilà qu'on venait m'éloigner de cette voie si cruellement conquise par elle. Elle paraissait m'interroger du regard, et j'y lisais une lueur que je n'y avais jamais aperçue. Pauvre femme, qui devait brutalement renoncer à ce qu'elle avait gagné en ne songeant qu'à moi !

– Eh bien ! a fait le maître. Qu'en dites-vous, madame ?

Et, comme elle ne répondait pas :

– Et vous, monsieur ?

– J'en sais trop rien ! a dit Félicien. Il faut demander à sa mère.

– Et si on lui demandait, à lui, ce qu'il en pense.

J'ai reculé d'un pas, me réfugiant dans l'ombre de la souillarde pour échapper au regard de ma mère, comme si j'étais coupable.

– Il réussira, votre fils, madame, a repris le maître. Il a toutes les qualités pour ça.

Ma mère s'est retournée, m'a fait signe de venir près d'elle, m'a pris les mains et m'a demandé :

– C'est ce que tu veux, mon petit ?

Je n'ai pas pu répondre. Elle a répété :

– C'est vraiment ce que tu veux ?

J'avais envie de crier « oui », mais je ne le pouvais pas. J'ai quand même réussi à hocher la tête, tout en cherchant dans son regard une approbation secrète, mais je n'y ai rien lu. Elle m'a lâché les mains, puis elle a soupiré et elle a murmuré d'une voix qui tremblait un peu :

– Eh bien ! C'est entendu !

Et, se tournant vers le maître :

– Puisqu'il le faut, il reviendra vous voir en octobre.

Comme il a dû lui en coûter, à cette pauvre femme ! Pourtant, pas un reproche n'est sorti de sa bouche les jours qui ont suivi cette soirée si merveilleuse pour moi – ni cet été-là, ni plus tard, ni jamais. J'ai employé toutes mes forces à travailler pour la remercier pendant les trois mois qui me séparaient d'une rentrée scolaire que je n'espérais plus : après les foins, la moisson des seigles et du blé noir, les battages au fléau, les doigts griffés cruellement par les gerbes que je devais tourner sur l'aire, tandis que ma mère et Félicien les frappaient à tour de rôle.

Cela fut peut-être l'été le plus heureux de ma vie. Je m'en voulais de ce qui représentait sans doute un abandon, pour le moins un éloignement de cette femme et de cet homme qui m'étaient si chers, mais j'étais incapable de renoncer à cette vie qui m'attendait, et dont j'avais si souvent rêvé. C'était comme une tempête qui soufflait en moi, et m'emportait vers des horizons nouveaux, des études qui allaient satisfaire cette soif de savoir qui m'avait depuis toujours habité.

9

JE SUIS donc revenu à l'école en octobre, comme convenu, au cours supérieur, malgré les châtaignes à ramasser, les labours et les semailles, le bois à couper, les innombrables travaux d'automne à réaliser avant l'hiver. Je me suis efforcé d'aider ma mère et Félicien de mon mieux, le matin avant de partir mais aussi le soir dès que je rentrais. Je faisais mes devoirs et apprenais mes leçons à la lueur du chaleil jusque tard dans la nuit. Je dormais peu, mais j'aurais accepté bien plus de sacrifices que ces quelques heures volées au repos.

Parfois je sentais le regard de ma mère posé sur moi, mais il n'y avait aucun reproche muet dans ses yeux : elle avait consenti parce qu'elle était prête à tout pour son fils, y compris à le perdre. Et le fils que j'étais est reparti chaque matin, dès le 1er octobre, mais seul, cette fois, sur le chemin de Croisillac, Éléonore et Baptistin n'ayant pas eu la même chance que moi. Et de nouveau, ma vie s'est illuminée, d'autant que les programmes du cours supérieur m'apparaissaient encore plus intéressants que ceux du certificat. Cette année-là, en mathématiques, si je me souviens bien, j'ai appris à extraire la racine carrée et la racine cubique, mais aussi à chercher la surface d'un triangle en fonction de son côté, le rayon d'une sphère dont on connaissait le volume, et bien des secrets sur les nombres premiers. Après la récréation du matin, venaient l'heure de la dictée, puis ses questions d'analyse grammaticale et de logique, et, l'après-midi, les cours d'histoire et de géographie, avec, toujours, une carte à dessiner à la maison le jeudi et le dimanche, en utilisant différentes couleurs. Le matin en arrivant, j'avais droit à la même leçon de morale que les autres élèves, le plus souvent sur l'anti-alcoolisme, face à la redoutable affiche exposée au-dessus du maître, qui proclamait : « L'alcool, voilà l'ennemi. »

Mais ce que j'aimais par-dessus tout, c'était mon livre de lecture, que j'ouvrais chaque soir avant de m'endormir, et dont je trouvais à chaque page des trésors, dans les écrits de Victor Hugo, Alfred de Musset, Lamartine, Émile Zola, Gérard de Nerval, Charles Péguy, et tant d'autres que j'ai retrouvés, plus tard, quand j'ai enfin gagné le temps de lire, une fois mon travail terminé.

Oui, une année heureuse, vraiment, que j'ai tenté

de faire partager à ma mère et à Félicien, le soir, tout en devinant que ce monde inconnu les attirait et les effrayait en même temps. Ils souffraient de me voir m'éloigner d'eux, je le mesurais chaque jour et, très vite, l'ayant compris, je me suis contenté de faire mes devoirs et d'apprendre mes leçons en silence, sur la table, derrière eux qui se penchaient sur leur ouvrage, pelant les châtaignes, tissant des paniers, ou tricotant ces chaussettes et ces tricots de laine épaisse censés nous protéger du froid de l'hiver.

Cet hiver-là est passé, comme les autres, illuminé par l'habituelle messe de minuit à Noël, les grands gels de janvier, les nuits interminables, les longues neiges de février, puis le printemps est arrivé en avril, faisant fondre la dernière couche accumulée au pied des sapins. Alors M. Pagnoux m'a fait rester le soir, après l'école, pour préparer le concours des bourses qui était fixé en juin.

J'avais passé le certificat à douze ans, et j'avais treize ans, donc, cette année-là, quand il m'a conduit à Tulle, la grande ville que j'abordais pour la deuxième fois. Mais autant la première fois j'étais attiré par elle, autant cette fois-là, j'avais l'estomac noué d'avoir à affronter des lieux et des maîtres que je ne connaissais pas. Il a fallu toute la persuasion de cet homme qui croyait en moi pour que j'accepte de descendre de la charrette, là-haut, sur les collines dominant Tulle, où nous étions montés vers les grands bâtiments aux portes ceinturées de briques rouges et où, dans la cour, attendaient des garçons et des filles inconnus de moi.

De ces heures-là, je ne me souviens que d'une seule chose : c'est de la voix de mon maître qui m'a poussé en avant avec force, en me disant d'un ton très dur :

– Va, petit ! Montre-moi que je ne me suis pas trompé !

Le reste, je l'ai vécu comme dans un rêve inquiétant, mais il faut croire que M. Pagnoux m'avait suffisamment préparé à cette épreuve si redoutable pour moi, puisque j'ai été reçu deuxième de la liste des admis, et que, dès ce jour-là, ma vie a changé bien plus profondément que je ne l'avais imaginé. En effet, il s'agissait désormais de quitter Loubatié dès la rentrée prochaine et de devenir pensionnaire de l'EPS dans les bâtiments où j'avais passé le concours, sur les hauteurs de la grande ville que je n'ai jamais abordée sans me souvenir de ma première découverte, en compagnie de ma mère et de Félicien, le jour de la grande foire de juin.

Quel déchirement cela a été, de les quitter ! Si j'avais su ce qui m'attendait, je crois que j'aurais renoncé à passer ce concours qui me séparait d'eux si cruellement – et sans doute définitivement. Jusqu'à ce jour, en effet, j'avais toujours vécu en liberté, et le pensionnat m'a fait découvrir la vie en communauté, au sein des hauts murs d'une école que je ne quittais qu'une fois par mois. Que les retours du dimanche m'ont coûté de larmes difficilement dissimulées ! Mais rien, cependant, ne m'a fait reculer. Ni la sévérité des surveillants, ni le froid dans le dortoir sans chauffage, l'hiver venu, ni la privation de liberté, ni l'éloignement des chemins forestiers, ni l'absence douloureuse de ma mère et de Félicien, ni la distance me séparant du village familier où j'avais grandi n'ont réussi à me décourager. J'étais persuadé de suivre la voie qui m'était destinée, oubliant ma solitude dans les leçons prodiguées par des maîtres dont je buvais les mots, les encouragements, les secrets révélés, la parole savante, et qui compensaient l'apprentissage d'une vie austère et studieuse dans laquelle je me plongeais tout entier.

Levés à six heures chaque matin, nous commencions par une heure d'étude avant de nous rendre au réfectoire pour le petit-déjeuner, puis nous allions préparer nos affaires, avant une courte récréation qui nous conduisait à huit heures, vers le premier cours, de morale obligatoirement, et ils se succédaient sans répit jusqu'à midi. Après le déjeuner – toujours très maigre mais j'avais appris à me contenter de peu à Loubatié –, nous avions une demi-heure de récréation, puis étude, cours jusqu'à six heures, encore étude, dîner, de nouveau étude, dortoir à neuf heures après une pause d'un quart d'heure dans la cour.

Je ne voyais pas le temps passer. Mes résultats scolaires n'étaient pas aussi brillants qu'en primaire, car je me trouvais désormais en concurrence avec des élèves issus de milieux plus favorisés, ou alors des boursiers, convaincus, comme moi, de courir la chance de leur vie. Trois, seulement, venaient de la campagne, ce qui nous rapprochait et nous aidait car nous savions que nous pouvions compter les uns sur les autres : ils s'appelaient Louis, Charles, et Jean. Je n'ai jamais su ce qu'ils étaient devenus, mais je me souviens qu'ils travaillaient autant que moi, conscients d'avoir saisi une perche qu'ils ne lâcheraient pas, quel que soit le prix à payer. Et moi aussi, j'en étais persuadé. Rien, non, rien ne m'empêcherait d'aller au bout de mon rêve, d'acquérir ce savoir des maîtres que j'admirais.

Il en a été ainsi pendant deux ans. Dès que je remettais les pieds à Loubatié, j'aidais ma mère et Félicien de toutes mes forces, non sans mesurer – hélas ! – la distance qui se creusait entre eux et moi qui, cependant, les aimais tant. Deux ans, jusqu'à ce mois d'avril 1930, où, un jour, à midi et demi, après le réfectoire, j'ai été appelé chez le directeur, un grand homme à lunettes que je ne croisais jamais dans le couloir sans redouter d'avoir à subir sa colère ou son châtiment. C'est donc en tremblant que, précédé par un surveillant, j'ai suivi le couloir sombre qui menait à son bureau et que j'ai frappé timidement à sa porte.

– Entrez ! a dit une voix que j'ai reconnue sans peine, et qui m'a transi.

J'aurais voulu me trouver à cent lieues de cette porte, et pourtant j'étais loin de me douter de ce qui m'attendait, ce midi-là, et à quel point ma vie allait en être bouleversée.

Je suis entré dans cet antre redoutable, et le directeur s'est levé de derrière son bureau pour me prendre par l'épaule, dans un geste qui m'a paru si inquiétant que je me suis légèrement écarté de lui.

– Assieds-toi, mon garçon, a-t-il dit, sans revenir derrière son bureau, mais en restant, au contraire, debout, face à moi.

Et, comme j'obéissais, de plus en plus inquiet :

– J'ai reçu une mauvaise nouvelle de ta famille.

Aussitôt j'ai pensé à ma mère et je me suis refusé de toutes mes forces à ce que j'allais entendre – au point, d'ailleurs, de me lever pour partir. Mais le directeur m'a pris par le bras et m'a retenu en disant :

– C'est au sujet de ton père Félicien.

Il a hésité un peu, poursuivi sans lâcher mon bras :

– Il est décédé hier au soir. On l'a retrouvé mort dans la forêt.

Je m'en suis voulu de ce soulagement qui m'a envahi, mais j'avais tellement eu peur pour ma mère que je me suis senti délivré de l'angoisse qui m'avait saisi aux premiers mots prononcés par le directeur. Je lui ai dit, sans bien savoir pourquoi :

– Ce n'était pas mon vrai père. Le mien est mort à la guerre.

– Oui, je sais, a-t-il murmuré.

Et il a ajouté :

– Mais tout de même.

Puis, comme je demeurais immobile, glacé, me demandant ce qui allait se passer, il a ajouté :

– Le notaire d'Égletons, qui est un cousin de ton père, va venir te chercher et te ramener chez toi.

– Quand ?

– Il arrivera dans une heure.

– J'ai une composition de mathématiques, cet après-midi.

Le directeur m'a dévisagé avec une telle expression de tristesse que j'en ai été bouleversé.

– Ça n'a plus grande importance, maintenant, m'a-t-il dit en soupirant.

Qu'est-ce que cela signifiait ? J'aurais voulu poser la question, mais je n'en ai pas eu la force. Le directeur m'a raccompagné dans le hall et m'a confié à un surveillant qui m'a conduit dans la salle d'étude afin que je rassemble quelques affaires. « Ça n'a plus grande importance, maintenant. » Ces mots ne cessaient de trotter dans ma tête, m'empêchaient d'imaginer ce qui m'attendait à Loubatié.

Rien ne s'est d'ailleurs éclairci durant le voyage effectué dans l'automobile du notaire, un homme dont je me méfiais à cause de l'influence qu'il avait déjà eue sur ma vie et celle de ma mère. Il était pourtant plein de prévenance et me parlait avec douceur : son cousin Félicien m'aimait beaucoup, m'a-t-il dit, et sa disparition allait avoir des conséquences, mais il n'était pas temps, pour le moment, d'en parler.

À Loubatié, j'ai retrouvé ma mère muette, mais moins accablée de chagrin que je ne l'avais redouté. Des hommes et des femmes sont venus veiller Félicien que, pour ma part, j'avais béni avec un brin de buis en arrivant, sans m'attarder dans la chambre où il reposait. Il avait été bon avec moi, mais ce n'était pas mon père, et si j'avais du chagrin, c'était à la pensée de ne plus pouvoir, à l'avenir, passer des heures auprès de lui dans les champs ou dans la forêt. Ma mère, elle, m'observait bizarrement : je devinais qu'un combat se livrait en elle dont elle paraissait souffrir davantage que de la mort de Félicien. Pauvre femme, qui se retrouvait veuve pour la deuxième fois, et, sans doute, s'interrogeait sur son avenir !

Elle ne m'en a rien dit jusqu'aux obsèques célébrées dans le cimetière de Loubatié, où il n'y avait que peu de monde, à part les gens du hameau, dont quatre hommes ont porté le cercueil jusqu'au trou creusé à même la terre. Puis, après les condoléances d'usage, nous sommes rentrés et, alors qu'il me tardait de me retrouver seul avec ma mère, le notaire est resté avec nous – « pour nous entretenir de choses très importantes », avait-il précisé dès la sortie du cimetière. Il avait l'air grave, pénétré d'un sérieux inquiétant, et à ce moment-là, dès avant qu'il ne parle, j'ai compris que rien ne serait plus comme avant.

10

APRÈS s'être installé à la table de la cuisine, il nous a demandé de nous asseoir en face de lui et a ouvert une serviette de cuir dont il a sorti un document qui était en fait un testament – le testament établi par Félicien, en sa présence, dans l'étude d'Égletons, trois années auparavant. Le notaire a chaussé ses fines lunettes et nous l'a lu, en prenant le temps, entre chaque paragraphe, de nous considérer en silence, comme pour vérifier que nous comprenions bien. N'ayant pas d'autres héritiers, Félicien nous laissait tous ses biens, meubles et immeubles, champs, forêt, bétail : tout ce qu'il possédait, à charge pour nous de payer les droits de succession – très peu élevés, a précisé le notaire, et d'ailleurs Félicien avait placé suffisamment d'argent dans son étude, en prévision des mauvaises années. En conclusion, nous devenions propriétaires des terres et de la maison, et le rêve de ma mère, celui pour lequel elle avait sacrifié sa vie, se réalisait.

– Je ne sais pas si vous mesurez vraiment la chance que vous avez, a repris le notaire. Dix hectares, du bétail, une ferme qui va vous permettre de vivre avec suffisamment de ressources : mon cousin était vraiment un brave homme !

Ma mère est demeurée muette, tandis que je m'efforçais de réaliser ce que cette nouvelle impliquait.

– Émilien n'a que quinze ans, a continué le notaire, mais il est fort pour son âge, et vous pourrez toujours prendre un journalier pour vous aider en attendant.

Un grand froid m'avait envahi, car, déjà, j'avais compris : l'école était finie pour moi.

– Vous pouvez refuser l'héritage, a poursuivi le notaire, mais vous auriez tort, car il n'y a pas de dettes. C'est une chance à saisir, croyez-moi ! Beaucoup aimeraient se trouver à votre place.

Et, comme ma mère ne réagissait toujours pas :

– Vous avez quelques jours devant vous pour vous décider. Mais je suppose que c'est entendu, n'est-ce pas ?

Ma mère s'est redressée sur sa chaise, a remercié le notaire, puis elle a déclaré que tous ces événements étaient trop brusques, que Félicien était à peine porté en terre, qu'elle avait besoin de réfléchir.

– Quelques jours, a-t-elle ajouté. Il faut nous habituer.

– Comme vous voudrez, madame, a répondu le notaire d'une voix qui m'a paru contrariée.

Il ne s'est d'ailleurs pas attardé, et son automobile l'a emporté vers la ville où l'attendaient ses dossiers. Nous sommes alors restés seuls, ma mère et moi, face à face, et comme si elle redoutait de prononcer un mot, elle s'est mise à préparer le repas du soir. Je me souviens être sorti pour aller m'occuper des bêtes, déjà résigné au sort qui m'attendait. En effet, comment aurais-je pu refuser une propriété que ma mère avait conquise au prix d'un mariage obligé, en se souciant seulement de me protéger ? Certes, Félicien avait été pour elle un bon époux, mais, au moment de sa décision, elle ne le connaissait pas vraiment, et elle n'avait pensé qu'à moi, son fils trop souvent séparé d'elle. N'était-ce pas à moi, aujourd'hui, de lui en être reconnaissant ? Et cependant, tandis que je m'affairais dans l'étable, une pince d'acier serrait mon estomac à l'idée de quitter l'école, de perdre ce trésor qui s'accumulait en moi depuis trois années et me rendait tellement heureux.

Quand je suis rentré, la nuit tombait. Une nuit qui portait encore le froid des neiges de l'hiver, et me glaçait les os. Ma mère m'attendait. Elle m'a servi la soupe, a attendu quelques minutes avant de demander, d'une voix que j'ai à peine entendue :

– Alors ?

Que je l'ai aimée, cette sainte femme qui voulait me laisser le choix et s'en remettait à moi, sans même tenter de m'influencer ! Elle continuait à s'affairer sans s'asseoir ni se mettre à manger debout, comme elle en avait l'habitude. Je n'ai pas voulu la faire attendre plus longtemps, et j'ai dit aussitôt, en m'efforçant de cacher le tremblement de ma voix :

– J'en ai appris assez à l'école. Je vais rester.

Et j'ai ajouté, afin, peut-être, de me persuader définitivement :

– Nous serons bien, ici, tous les deux.

Elle a posé la casserole qu'elle lavait dans l'évier, elle est restée un moment immobile, puis elle est venue vers moi, s'est assise, et, levant sur moi ses yeux verts qui brillaient un peu, elle a murmuré :

– Merci !

Ce « merci », je le porte encore en moi aujourd'hui, si longtemps plus tard. Je l'entends au-delà des années, précieux comme ce soir-là, même si elle n'est plus près de moi pour le prononcer. Mais ce « merci », lui, est toujours là, et la femme qui l'a prononcé ne quittera jamais ma mémoire. Heureusement. Certes, la vie n'est qu'une perte – perte de ceux que nous avons aimés, que nous avons croisés, perte des moments heureux, d'une jeunesse, d'un âge mûr, d'une force que l'on croit inébranlable –, mais je sais qu'au terme de tous ces jours, de tous ces mois, de toutes ces années, subsiste l'essentiel : quelques mots, quelques regards, quelques gestes, qui nous tiennent le cœur éveillé pour toujours.

Nous avons dîné en silence, puis il me semble que nous avons parlé de Félicien, qui venait de nous quitter si brutalement, et elle m'a raconté comment, la nuit venue, ne le voyant pas rentrer, elle avait alerté des voisins pour partir à sa recherche. On l'avait retrouvé allongé dans la clairière où il coupait du bois, et on l'avait ramené à Loubatié à la lueur d'une lampe-tempête, avant d'appeler le médecin de Croisillac. Celui-ci était arrivé vers minuit et n'avait fait que constater le décès et signer le permis d'inhumer. Crise cardiaque, sans doute, ou crise d'apoplexie foudroyante, il ne savait pas exactement, mais de toute façon cela n'avait plus d'importance. Le lendemain, ma mère avait fait prévenir le notaire, cousin de Félicien, et c'est ce notaire qui avait téléphoné au directeur de l'EPS.

Nous avons parlé longtemps, ce soir-là, avec ma mère, et je crois me souvenir que nous avons fait des projets. Une page de ma vie venait de se tourner, mais je savais qu'il y en aurait d'autres, plus rudes ou plus belles, et quand j'ai gagné ma chambre dans ce qui était désormais « notre maison », j'avais presque déjà oublié l'EPS et tout ce que l'école m'avait apporté.

AUTOMNE

11

COMME il me l'avait promis, Lucas est revenu début novembre, alors que j'en étais là de mon récit, qu'il m'a demandé de lire, mais j'ai refusé. Je lui ai montré simplement les pages du cahier que j'avais noircies en lui disant que je ne savais pas si j'aurais la force d'aller au bout. Je n'avais jamais écrit autant de ma vie et je doutais d'être capable de traduire sur le papier tout ce que les mots auraient dû porter de vérité, de gravité, de bonheur et de peines aussi, bien sûr. Et pourtant il me semblait qu'écrire comblerait ce sentiment d'oubli, d'abandon de ce qui avait été le sel de ma vie, et dont je souffrais sans vouloir me l'avouer.

Nous avons repris la route du haut pays, sous la lumière douce d'un précoce été de la Saint-Martin, entre les arbres vêtus de bronze, de cuivre, d'or et de pourpre. Un éblouissement auquel je n'étais plus habitué, sortant peu, en ville, et qui nous a accompagnés tout le long du trajet, jusqu'à ce que les résineux remplacent peu à peu les feuillus. Le plateau paraissait endormi dans les feux merveilleux de l'automne, comme s'il se préparait déjà à l'hiver. Au fur et à mesure que nous approchions, des souvenirs affluaient dans ma mémoire, et mes yeux se mouillaient. Je l'ai caché à Lucas du mieux que je le pouvais. Malgré le temps passé, je reconnaissais les chemins qui partaient de la route principale, les bois, les toits sans la moindre fumée, des granges closes sur elles-mêmes, des maisonnettes aux volets fermés, mais toujours debout, sentinelles d'un monde d'où la vie s'était retirée, comme si son sang avait coulé goutte à goutte, mais inexorablement, de ses veines trop usées. Chaque fois que je remontais sur le plateau, après tant d'années, j'avais l'impression de franchir un gouffre où était englouti ce qui, en moi, m'avait toujours tenu en vie mais qui m'attirait aujourd'hui pour me punir, sans doute, d'avoir abandonné ces lieux.

Quand nous avons quitté la route principale pour tourner à gauche vers Loubatié, j'ai ouvert légèrement la vitre de la voiture et reconnu aussitôt le parfum de l'air qui avait fraîchi mais demeurait le même depuis toujours : celui que j'espérais à chaque voyage. Il faisait moins chaud que dans la vallée, mais nous avons pu nous asseoir sur le seuil lors de notre arrivée, comme la première fois. Les derniers papillons voletaient devant nous, dans un silence toujours aussi troublant pour moi qui avais eu l'habitude, ici, d'entendre l'aboiement des chiens, les appels venus des pâtures, les enfants jouant sur la place, le bruit mat des fléaux sur les seigles et les blés au temps de la lumière heureuse des étés d'autrefois.

– J'ai fait remplacer les lauzes par des ardoises de la même couleur, m'a déclaré Lucas. C'est ce qui convient le mieux, et c'est surtout ce qui pressait le plus.

Et, comme je ne disais rien, il a ajouté :

– À l'intérieur, je ne ferai pas retapisser mais repeindre. Sinon, tout fonctionne depuis que j'ai fait rouvrir les compteurs à mon nom, comme tu me l'as proposé.

– Tu ne crois pas que c'est de l'argent utilisé pour rien ?

– Non.

– Tu seras seul, ici, quand je ne serai plus là.

– Je serai seul, mais libre et heureux, au moins pendant quelques jours.

Je n'ai pas insisté. Dès notre première visite, sa détermination m'avait surpris mais avait fait battre mon cœur plus vite.

– Et si on allait voir s'il y a des châtaignes ? ai-je proposé. La saison va se terminer, et plus personne ne les ramasse.

– On les fera griller dans la cheminée ?

– Bien sûr ! Je suis sûr de pouvoir retrouver la poêle percée de trous qui nous servait à les faire rôtir au-dessus des landiers.

– Il faudra allumer du feu.

– Je sais allumer un feu. Je n'ai pas oublié, tu sais.

– Allons-y !

Les premiers châtaigniers se dressaient à une centaine de mètres du hameau, et je savais que les bogues reposeraient là, sur les premières feuilles déchues, comme il en avait toujours été ainsi. Elles s'y trouvaient effectivement, et on pouvait apercevoir, lorsqu'elles étaient ouvertes, le brillant des châtaignes brunes qui paraissaient attendre la main qui les libérerait.

– Que faire pour ne pas se piquer les doigts ? m'a demandé Lucas.

Je lui ai montré comment saisir les bogues par en dessous sans les serrer, juste en passant les doigts, puis en les laissant tomber dans le panier trouvé dans la grange et sur lequel j'avais facilement remis la main : rien n'avait bougé dans ces bâtiments désertés, comme s'ils demeuraient en attente de quelqu'un ou d'un événement connu d'eux seuls. Même en se méfiant, Lucas s'est quand même piqué et il s'est contenté de me regarder, dépité. Je lui ai alors montré le cal épais de mes mains, en lui expliquant que je ramassais les châtaignes depuis mon plus jeune âge.

– C'est-à-dire ? Quel âge ?

– Je ne me souviens plus. Quatre ou cinq ans, peut-être.

– Et tu ne te piquais pas, à cet âge-là, avec tes mains d'enfant ?

– Bien sûr que si !

– Alors ?

– Ma mère m'a montré comment faire. Et puis tu sais, les châtaignes ne restent pas toutes prisonnières de leur bogue : elles s'échappent en tombant, parfois.

– Je vais me contenter de celles-là, a dit Lucas en riant.

La mousse était épaisse entre les feuilles, et son parfum humide et tendre me faisait un peu tourner la tête chaque fois que je me penchais en avant. À un moment, j'ai dû m'appuyer contre un arbre pour ne pas tomber en me relevant, mais Lucas ne s'est aperçu de rien. Vingt minutes ont suffi pour emplir le panier d'osier qui m'avait tant servi, il y avait si longtemps, et qui n'avait pas souffert des années écoulées, à part une tige ou deux, que j'ai remises en place facilement.

Une fois à la maison, toutes fenêtres ouvertes, nous nous sommes assis autour de la grande table de noyer lustrée par les manches et les plats, qui gardait trace des coups de couteau maladroits, et je me suis mis à écraser les bogues avec cet outil à dents épaisses qui laissait couler entre elles les fruits brillants – et dont je tairai le nom car il ne dirait plus rien à personne. Là aussi, rien n'avait changé et tout semblait attendre : la cheminée et ses landiers de fonte, le buffet double, le râtelier à pain, l'horloge comtoise au balancier de cuivre immobile, un vieux calendrier accroché au mur, et cette odeur familière de bois calciné, de cendres froides issue d'une dernière flambée.

J'ai montré à Lucas comment entailler les châtaignes avec un couteau, afin qu'elles n'explosent pas au-dessus du foyer. Il y est parvenu sans difficulté, et je l'en ai félicité. Après quoi j'ai allumé le feu dans la cheminée avec du papier journal et les bûches demeurées là, entassées, à gauche, inutiles mais fidèles depuis que la porte s'était refermée derrière moi – il y avait combien d'années ?

J'ai renoncé à les compter, d'autant que l'odeur puissante et chaude du papier journal et du bois de châtaignier est montée d'un coup, envahissant la pièce et me forçant à fermer les yeux pour ne pas trahir l'émotion qui me serrait le cœur. J'ai surveillé les châtaignes pour qu'elles ne brûlent pas, mais je les aimais presque noircies, rôties à point, faciles alors à débarrasser de leur enveloppe. Je les ai fait sauter plusieurs fois dans la poêle percée pour mieux les dorer, penché sur le foyer comme je me penchais jadis pour m'imprégner de l'odeur du bois qui, chaque fois, me soulevait dans une vague de bonheur inexplicable, mais sacrée.

– Au cours des siècles passés, ai-je dit à Lucas, sans les châtaignes, beaucoup de familles seraient mortes de faim.

– Oui, je sais, m'a-t-il répondu.

– On en mangeait dans la soupe mais aussi comme plat principal : cuites à l'eau, blanchies ou grillées dans la cheminée.

– Toi aussi ?

– Oui, quand j'étais enfant, avec ma mère, plus haut, sur le plateau… Après, une fois chez nous, on mangeait de tout, on ne manquait de rien.

– Tu l'as écrit, ça ?

– Oui.

– Il me tarde de lire. Tu penses avoir fini quand ?

– L'été prochain, peut-être, si tu viens, comme tu me l'as promis.

– Tant de temps à attendre ?

– J'écris lentement, tu sais, et j'ai souvent besoin de faire un effort pour me souvenir de tout.

– Je suis sûr que tu n'as rien oublié.

– J'essaye, en tout cas.

Nous avons mangé les châtaignes en nous brûlant délicieusement les doigts et en buvant le vin bouché de la bouteille de bordeaux apportée par Lucas. Un fameux festin dont je n'aurais pas cru retrouver un jour les délices.

– Ça fait longtemps que tu n'en avais pas mangé ? m'a demandé Lucas.

– Tu sais, il n'y a pas de cheminée dans les appartements des villes d'aujourd'hui.

– Oui, c'est vrai.

J'ai ajouté, en tendant l'oreille :

– Tu entends ?

– Quoi ?

– La maison : elle craque de toutes parts avec la chaleur. Elle recommence à respirer. Il suffit d'un feu pour que son cœur se remette à battre, et il est aussi solide que ses murs.

Nous avons écouté un long moment cette respiration secrète et bouleversante en mangeant les dernières châtaignes. Dès que nous avons eu terminé, Lucas m'a rappelé que nous devions aller au cimetière. Je m'y rendais chaque année, fidèlement, avec mon deuxième fils ou l'un de mes petits-fils à l'occasion du 1er novembre, et puis, il y a quelques années, j'avais arrêté. Je souffrais trop de cette visite à des tombes abandonnées où reposaient ma mère, mon épouse et mon fils aîné. Ils me paraissaient plus vivants dans ma mémoire, blottis au fond de moi, que dans ces lieux désertés, où quelques fleurs, pourtant, d'une année sur l'autre, demeurent fanées dans des vases ébréchés que le vent renverse sans le moindre respect.

– Tu ne viens plus depuis longtemps ? m'a demandé Lucas en pénétrant dans le petit lieu de repos éternel d'une vingtaine de tombes.

– Trois ou quatre ans. Je n'ai plus la force de voir ça. Les miens, je les ai emportés avec moi. C'est beaucoup mieux ainsi.

– On n'aurait peut-être pas dû venir, a suggéré Lucas.

– Puisque nous y sommes, autant nous occuper.

Nous avons débarrassé la tombe des fleurs flétries qu'y déposait depuis les dernières années un vague cousin de Croisillac à qui j'envoyais l'argent nécessaire à la fin octobre, et nous avons nettoyé les abords avec les outils que j'avais pris soin d'emporter, puis nous nous sommes recueillis quelques instants, l'un près de l'autre.

– Il y a là ta mère, ton épouse Sylvie et ton fils Paul ?

– Oui.

– Et toi, tu…

Lucas s'est arrêté brusquement, comme s'il se sentait coupable de poser la question demeurée sur ses lèvres.

– Oui. J'ai pris des dispositions pour être enterré

là, près d'eux. Comment pourrait-il en être autrement ?

– C'est vrai, a dit Lucas.

Nous avons lentement fait le tour du cimetière avant de repartir, un cimetière à l'abandon, où les tombes portaient des inscriptions devenues pour la plupart illisibles. J'ai fait une courte halte devant chacune d'entre elles, en essayant de me souvenir de ceux qui reposaient là, mais je me suis aperçu que c'était me faire mal inutilement et j'ai regagné la sortie, où Lucas m'attendait. Une fois dans la voiture, au retour, il m'a demandé :

– Personne n'y vient plus ?

– Quelques survivants. Une fois par an. Début novembre. Quand ils ne sont pas trop loin.

J'ai ajouté, comme pour me rassurer :

– Et il y a un homme à Croisillac qui vient faucher l'herbe dans les allées en juillet. C'est la mairie qui le paye.

Nous n'avons plus parlé jusqu'à la ville, chacun revivant les heures passées là-haut, dans le désert de ces lieux jadis si vivants. Lucas hésitait à me poser des questions supplémentaires, craignant sans doute de me faire de la peine.

– Tu sais, ai-je dit, je me garde de trop penser au passé, sinon pour y trouver des raisons d'espérer en l'avenir.

– Tu y parviens ?

– Souvent.

– Comment fais-tu ?

– Je pense à mes petits-enfants et à mes arrière-petits-enfants… À toi, Lucas, qui as compris ce qui s'était passé ici, où tant d'hommes et de femmes ont travaillé dans des conditions difficiles pour leur famille. C'est vous qui comptez aujourd'hui, pas moi.

– Pour moi, tu comptes beaucoup, m'a-t-il dit. Tu le sais.

– Merci, Lucas.

Juste avant de partir, il m'a dit qu'il comptait revenir entre Noël et le 1er janvier et je lui ai fait observer qu'il y aurait de la neige sur le plateau.

– Avec mon 4×4 et mes pneus neige, je passe partout, a-t-il répondu en m'embrassant.

Au moment de monter dans la voiture, il m'a demandé, comme à son habitude :

– Émilien ! Est-ce que tu as besoin de quelque chose ?

J'ai eu envie de lui répondre que j'avais besoin de retrouver mes vingt ans, mais je me suis senti ridicule.

– Je n'ai besoin de rien. Tout va bien. Je te remercie.

Une fois seul, j'ai rêvé un moment aux grands feux de l'automne, à la blancheur immense du plateau en hiver, aux traces dans la neige en allant à l'école, aux grands froids de janvier, à l'explosion des bourgeons au printemps, à la lumière heureuse des étés, puis j'ai sorti mon cahier du tiroir de mon bureau en me demandant où j'en étais de mon récit un moment abandonné. Dès que je m'y suis replongé, j'ai de nouveau été l'adolescent qui venait de quitter l'école pour vivre près de sa mère dans ce qui était désormais leur maison.

12

APRÈS la mort de Félicien, donc, la vie a repris, semblable à celle que j'avais menée pendant les vacances, mais il nous est vite apparu que nous n'aurions pas assez de forces pour faire face à tous les travaux à deux, sans les bras d'un homme d'âge mûr. D'autant qu'on arrivait à la période des foins, et, bientôt, de la moisson. Nous n'avions pas de matériel, à ce moment-là, pas même de faucheuse mécanique tirée par des bœufs, mais l'un de nos voisins, Anselme, en possédait une, heureusement. Nous l'avons payé à la journée pour faucher, au lieu d'avoir à prendre la faucille, ensuite nous avons fané et rentré le foin avec l'aide des habitants du hameau, à charge pour nous de les aider à notre tour, comme c'était la coutume.

J'ai été vite épuisé par ces journées interminables, ma mère également. Je crois que nous avons douté, à ce moment-là, mais le destin nous est venu en aide grâce à Alphonse, un homme d'une soixantaine d'années, un peu simple d'esprit, qui travaillait dans une ferme des environs de Champagnac et que le jeune fils du propriétaire, désormais devenu le maître, ne voulait pas garder. Il avait toujours été domestique, Alphonse, mais, malgré son âge, il était vigoureux et s'y entendait pour les travaux des champs. Il est arrivé un soir, le regard clair, des yeux immenses, le front haut, vêtu à l'ancienne d'un pantalon de pilou tenu aux hanches par une ceinture de flanelle, le haut du corps sous une chemise de toile bleue, l'air apeuré, comme s'il redoutait d'être chassé. Pauvre homme, qu'on avait rejeté à l'âge où il n'est pas facile de retrouver une place, même de simple valet, dans une ferme où le travail est toujours rude !

Quand ma mère lui a dit « oui », et qu'elle lui a proposé de dormir dans la maison où nous disposions d'une toute petite chambre derrière la souillarde, il a paru affolé et a murmuré :

– Non ! Dans la grange, j'ai l'habitude. Ici, je pourrai pas.

Elle a insisté en vain. Je lui ai donc montré où il pouvait s'installer, contre le mur et à droite de la mangeoire, sur un bat-flanc garni de paille. Il a posé son balluchon qui ne contenait que quelques frusques, et il m'a souri en me disant :

– Merci, maître.

J'ai répondu, bouleversé par cette humilité qui m'a surpris et, en même temps, peiné sans que je comprenne très bien pourquoi :

– Non ! Pas maître ! Émilien ! Appelle-moi Émilien !

– Bon ! Émilien.

Ensuite je l'ai ramené à la maison, car j'ai deviné qu'il n'avait pas mangé depuis le matin, étant venu à pied. Il a longtemps hésité avant de s'asseoir à table, puis il a dévoré en quelques minutes la soupe et le ragoût que lui a servis ma mère. Une fois son repas terminé, il s'est levé et s'est incliné devant ma mère en disant :

– Merci, maîtresse.

Comme moi elle en a été surprise, mais elle n'a rien répondu. J'ai raccompagné Alphonse dans la grange et lui ai expliqué ce qu'il devrait faire comme travail une fois levé : soigner les bêtes, s'occuper des litières, et traire.

– Je viendrai te réveiller, ai-je ajouté.

– C'est pas la peine, maître… Je me réveille à cinq heures.

– Pas maître. Émilien.

– Oui, Émilien.

J'ai compris qu'il aurait du mal à s'habituer, car il avait dû appeler ses patrons de la sorte depuis toujours. Il y est parvenu pourtant, car il était plein de dévouement et il nous a été précieux tout au long de sa vie. Surtout l'année de son arrivée, pour les foins et les moissons, mais aussi pendant l'automne, à l'occasion des semailles, du fauchage du blé noir, de l'arrachage des pommes de terre et du ramassage des châtaignes. Certes, il n'abattait pas la même charge de travail que Félicien, mais, à son rythme, il se montrait infatigable, et manifestait constamment une bonne volonté qui faisait plaisir à voir. Ma mère, elle, se fatiguait vite, car elle avait beaucoup travaillé depuis l'âge de douze ans, mais elle ne se plaignait jamais lorsqu'il fallait se pencher sur les javelles ou sur les pommes de terre, et d'ailleurs c'était le sort de beaucoup de femmes de l'époque, qui, en plus des charges de la maison, aidaient aux champs lors des gros travaux, et ne demeuraient pas une seule minute en repos.

Nous étions en 1930, j'avais quinze ans, et malgré ces quinze ans, je me sentais responsable des terres qui nous avaient été confiées. Je n'étais pas encore très costaud, mais j'étais vigoureux, plein d'une énergie qui se consumait au cours des interminables journées de labeur, et le soir venu, après le repas pris rapidement, je m'écroulais sur mon lit pour un sommeil sans le moindre rêve.

Je n'en étais plus à regretter mon abandon de l'école : il me suffisait de voir ma mère heureuse, enfin rassurée sur son sort et sur le mien, pour partir au travail en emmenant Alphonse, dont je me plaisais à penser qu'il aurait pu être mon père. Cependant ce n'était pas lui qui me protégeait, mais l'inverse : je veillais sur lui en m'imaginant que cet homme était celui à qui je devais la vie, celui qui était parti à la guerre, était revenu diminué, blessé, et que je devais aider comme il m'aurait aidé, lui, s'il avait été plein de force et de santé.

Que de pensées bizarres avons-nous parfois ! Je me dis pourtant aujourd'hui que cette pensée-là m'était précieuse, qu'elle soignait une blessure ouverte en moi dès mon plus jeune âge et je ne me rappelle pas Alphonse, si longtemps plus tard, sans ressentir une chaleureuse présence, dont le pauvre, cependant, ne pouvait se douter. Mais pourquoi pas, après tout ? Quand nous travaillions face à face, que je me relevais un instant pour soulager mes reins, Alphonse m'imitait, me souriait, et ce sourire ne s'est jamais effacé de ma mémoire ; c'était celui d'un être sans malice, dévoué, sur lequel je pouvais compter, quoi qu'il arrive.

Ma mère aussi l'aimait beaucoup. Nous mangions à la même table, bien entendu, et il est devenu rapidement un membre de notre famille. Ainsi s'est agencée notre vie qui avait été mise en péril par la disparition de Félicien, avec le soutien des habitants du hameau dont la solidarité se manifestait dès que c'était nécessaire. Le matériel n'avait pas encore facilité les travaux, et l'entraide était indispensable, tout le monde le savait. Pas de tracteurs, pas de moissonneuses-batteuses, on battait encore au fléau au début de ces années 1930, dans ces terres reculées du plateau, et seule la faucheuse mécanique tirée par des bœufs, comme je l'ai déjà dit, remplaçait parfois la faucille.

En fait, on vivait beaucoup en économie fermée. On n'achetait que peu de choses, pas même de la viande pour la nourriture : le cochon tué en janvier et les volailles suffisaient à nous satisfaire, avec, bien sûr, un peu de gibier, les légumes du jardin, les pommes de terre et les châtaignes. On cuisait le pain au four banal du hameau, un pain de seigle très nourrissant remplacé parfois, à la saison, par des crêpes de blé noir ; ces fameux « tourtous », qui étaient si délicieux avec, les jours de fête, un civet de lièvre que ma mère faisait mijoter une demi-journée dans une toupine sur les landiers de fonte.

Nous étions autonomes et indépendants, car nous avions appris à nous satisfaire de ce que nous possédions. Étions-nous plus heureux qu'aujourd'hui ? Je ne sais pas. Mais heureux, oui, nous l'étions, car nous ne dépendions plus d'un maître, et nous savions qu'il ne pouvait rien nous arriver de grave, à part la maladie ou la mort de nos bêtes, une grange qui brûle, un accident provoqué par la faux ou la foudre lors de ces orages qui ébranlaient parfois si violemment ces hautes terres. C'est d'ailleurs notre isolement qui nous a préservés de ce que l'on a appelé la crise des années 1930, dont la principale conséquence a été l'écroulement du prix du blé. Or, du blé, nous n'en vendions pas. Les mauvaises nouvelles arrivaient d'ailleurs, souvent de très loin, et nous n'avions pas la TSF, nous ne lisions pas le journal, nous nous rendions aux foires deux fois par an, en juin et en octobre, où nous apprenions ce qui se passait dans le monde toujours avec retard.

Parfois c'étaient les gens qui nous renseignaient : des chemineaux qui passaient en proposant d'aiguiser les couteaux, des rétameurs pour les casseroles percées, des acheteurs de peaux de lapin ou de lièvre, des vendeurs de petits ustensiles de couture, toutes sortes de gens souvent mal vêtus, marchant à pied et tirant une charrette, fatigués par la route. Ils donnaient des nouvelles de la région ou du pays, vendaient même quelquefois de vieux journaux qui dataient d'un mois ou deux.

Est-ce que l'on peut imaginer une telle vie aujourd'hui, alors que l'on est envahis par les échos quotidiens, sans cesse répétés, de la télévision ou du téléphone ? Non, bien sûr. Faut-il le regretter ? Sans doute pas. Mais j'ai lu récemment le livre d'un écrivain dont je ne me souviens plus le nom, et qui disait qu'il ne pouvait pas supporter le flot des informations ininterrompu sur ce que « le monde croit qu'il lui arrive ». J'ai beaucoup aimé cette phrase qui exprime assez ce que je ressens à mon âge – un âge où la paix intérieure ne peut souffrir sans inconvénient les rafales d'une communication souvent inutile, ou du moins que je crois inutile, mais je n'ai plus l'âge de porter ce genre de jugement. Je m'en remets à mes enfants et à mes petits-enfants et, malgré tout ce qui nous sépare, je leur fais confiance.

13

CONFIANCE. Voilà le mot qui illustre le mieux ces années-là : nous avions confiance dans l'avenir, ma mère et moi, car nous nous sentions plus forts, plus protégés que nous ne l'avions jamais été. Et, de fait, dès que nous nous sommes adaptés à notre nouvelle vie, nous avons cherché à acquérir de nouvelles terres : d'abord des taillis ou des bois, que nous avons défrichés, retournés, semés de trèfle ou de luzerne, avant d'acheter un peu plus de bétail. Le notaire nous prêtait de l'argent sans intérêts, car il s'était attaché à nous, seuls descendants de sa famille et successeurs de Félicien avec qui il avait été très lié. J'avais beaucoup hésité à accepter de nous endetter, mais, malgré sa fragilité, ma mère répétait :

– Achetons, Émilien ! Un jour tu auras une femme, une famille et des enfants à nourrir.

Je n'y songeais pas, à ce moment-là, car toutes mes forces, toute mon énergie se consumaient dans ces travaux de défrichage qui s'ajoutaient à ceux du quotidien. Il n'y avait pas assez d'heures dans la journée pour en venir à bout. Comment ai-je tenu le choc ? Sans doute parce que ces travaux si durs, si pénibles, précisément, m'endurcissaient, si bien qu'à dix-huit ans j'étais devenu d'une résistance à toute épreuve. Rien ne me faisait peur. Je me levais avant le jour et ne m'arrêtais qu'à la nuit tombée.

C'est d'ailleurs au cours de ces années-là, suite aux tournées instaurées par un jeune boulanger de Croisillac, que j'ai décidé de semer du froment et non pas du seigle. Le pain blanc avait toujours été pour moi le symbole de la réussite et de la richesse. De quoi peut-on s'illusionner, parfois ! Mais il me suffisait de si peu de chose alors, moi qui avais toujours manqué de tout, pour me satisfaire d'une miche de pain blanc, au lieu du seigle épais auquel nous étions accoutumés.

Cette tentative ayant été couronnée de succès après avoir considérablement amendé un champ, nous avons pratiqué l'échange avec ce boulanger : nous lui confiions notre farine et il nous la rendait en pain, une fois par semaine, le mardi, après avoir coché sur une latte de bois, et devant nous, sa livraison. Tous, dans le hameau, s'étaient ralliés à cette habitude, car cuire le pain au four prenait beaucoup de temps et mobilisait plusieurs personnes : une pour pétrir, une pour alimenter le four en bois, l'autre pour surveiller la cuisson et défourner, si bien qu'on ne cuisait que tous les quinze jours et que le pain, à la fin, devenait dur comme de la pierre. Avec le boulanger, au contraire, nous étions sûrs d'avoir du pain qui serait mangeable, d'autant plus qu'il était léger, beaucoup moins « serré » que le seigle. Et du pain blanc, de surcroît, ce pain que je n'avais découvert qu'à huit ans, pauvre enfant qui n'avait jamais songé découvrir un jour une telle merveille ! Et cette réussite sur une terre acide où n'avaient poussé que du seigle et de l'orge m'a incité à rompre la routine dans laquelle on vivait ici depuis des centaines d'années et à ne pas hésiter à faire preuve d'initiative en tous domaines, notamment en remplaçant la jachère par l'assolement.

Tout allait bien, en somme, et je ne me rendais pas compte que ma mère, épuisée, dépérissait. Elle le savait, elle, et elle ne cessait de me répéter, chaque soir, avant d'aller nous coucher :

– Il faudra songer à te marier, Émilien. Je ne serai pas toujours là.

Je n'en avais pas le temps, et je ne prêtais aucune attention aux deux jeunes filles qui habitaient le hameau : celle d'Anselme, qui se prénommait Sylvie, et celle de la famille la plus éloignée de chez nous – les Rebière –, qui s'appelait Jeanne. Et pourtant je travaillais près d'elles souvent, lors des gros travaux, sans me rendre compte, pauvre innocent que j'étais, qu'elles recherchaient ma présence, puisque aussi bien j'étais le seul homme jeune à proximité et que notre isolement ne facilitait pas, pour elles, les rencontres. L'une était brune et l'autre blonde. Elles étaient aussi aimables l'une que l'autre, mais j'avais une préférence pour la brune, Sylvie, qui me paraissait plus timide, plus discrète, osant à peine parler, mais manifestant une énergie étonnante dans tous les travaux qui nous réunissaient.

Il a fallu l'arrivée d'un gros orage, à l'été 1933, pour que je me retrouve seul avec elle dans l'abri d'une grangette en bordure du pré que nous finissions de râteler au moment où l'orage a éclaté. Ma mère était rentrée préparer le repas du soir et Alphonse pour s'occuper des bêtes. Nous étions restés seuls, donc, et nous avons couru sans pouvoir échapper aux rafales de pluie, si bien que nous étions trempés, transpercés, même, en arrivant sous le toit de la grange. C'était dangereux après avoir été en sueur, et à un moment donné, Sylvie s'est mise à trembler. Nous savions, elle et moi, que la pneumonie guettait ceux qui travaillaient au-dehors après un chaud-froid. Si j'ai pu enlever ma chemise et me sécher en me frottant avec, elle n'a pas osé se déshabiller devant moi. Mais sans doute espérait-elle ce qui allait arriver, c'est-à-dire ce à quoi j'ai songé pour la réchauffer : je l'ai prise dans mes bras. Elle a alors levé vers moi sa frimousse aux yeux noirs qui éclairaient pourtant si bien sa peau mate, et il s'est passé ce qui devait se passer.

Je n'en dirai pas plus, chacun comprendra que le destin, souvent, tient à peu de chose : un nuage, un orage, mais nos vies peuvent en être changées pour toujours. Anselme et ma mère ont très vite deviné ce qui se passait entre nous, et tous deux l'ont approuvé. J'avais dix-huit ans et Sylvie également. Mais il était d'usage, à l'époque, de se marier rapidement quand un jeune homme et une jeune fille se plaisaient. Les parents de Sylvie étaient d'autant plus d'accord qu'elle ne s'éloignerait pas d'eux en s'unissant à moi, et, comme elle était leur seule fille, ils lui avaient promis de lui donner deux terres en dot : un pré d'un hectare et un champ de blé noir. Ce n'était évidemment pas ce que j'attendais de cette union. Mais je devais partir au service militaire l'année d'après, et c'était un souci que de laisser ma mère seule avec Alphonse pour faire face aux travaux des champs. Avec une femme de plus pour les aider, sans doute s'en sortiraient-ils mieux, car il était évident que Sylvie viendrait habiter dans notre maison.

Ma mère, cette sainte femme, n'y a vu aucun inconvénient, au contraire. À l'inverse des maîtresses de maison de l'époque, elle était en avance sur son temps et elle ne redoutait pas la présence d'une jeune femme près d'elle, qui aurait pu lui disputer la place qu'elle occupait. Je sais aujourd'hui qu'elle se savait très malade et qu'elle n'en disait rien. Aussi se préoccupait-elle de mon avenir comme elle l'avait toujours fait, en se sacrifiant pour moi. Toute sa vie elle n'a pensé qu'à moi, cette pauvre femme épuisée par le travail malgré son âge encore jeune – elle n'avait que quarante ans à l'époque. Mais elle avait trop travaillé et dans des conditions tellement difficiles qu'elle était usée, à bout de forces, et pressée de me voir marié.

Par ailleurs, le notaire, qui veillait toujours sur nous, était intervenu auprès d'un de ses amis, politique haut placé, pour me faire dispenser de service militaire : j'étais le fils unique d'une veuve de guerre, et je pouvais être considéré comme soutien de famille, indispensable à la bonne marche d'une exploitation agricole. À l'époque, on ne parlait pas encore de guerre possible avec l'Allemagne et le service militaire n'était que d'un an. Il devait passer à deux ans en 1935 seulement. Le notaire a réussi dans son entreprise, et nous nous sommes mariés, Sylvie et moi, rassurés sur notre avenir, au mois de mai 1934, un samedi de grand soleil, en invitant tous les habitants de Loubatié, lors d'un festin sur des tables à tréteaux dans la cour de notre maison. Pas une grande fête

– du moins telle qu'on en pratique aujourd'hui –, mais nous avons quand même pu danser, l'après-midi, au son de l'accordéon d'Anselme qui jouait « de routine » – comme il disait – des airs connus depuis toujours, parce qu'on les chantait aux veillées.

Ce mariage a été le début d'un premier bouleversement dans les campagnes : l'électricité arrivait enfin dans les coins du plateau les plus reculés, et nous l'avons acceptée sans la moindre hésitation. Quels progrès en quelques heures, pour nous qui étions habitués à la lumière chiche du chaleil ! Tout semblait transformé, neuf, plein d'espoir, lumineux, surprenant, comme ces deux automobiles que nous avions vues, Sylvie et moi, en allant acheter sa robe de mariée à Tulle. Rien ne paraissait impossible, alors, maintenant que nous possédions douze hectares, six vaches et quelques moutons. Oui, je sais, cette « richesse » peut faire rire aujourd'hui, mais à l'époque, c'était beaucoup et nous considérions que nous avions de la chance.

Les premières batteuses à vapeur étaient arrivées, et nous avons pu en acheter une à plusieurs, en nous groupant avec les quatre autres familles du hameau. Elle était entraînée par une « locomobile » qui marchait à la vapeur, comme les trains, et se montrait dangereuse à manier. Mais c'était déjà bien plus facile que de battre au fléau, et tellement plus rapide ! Le monde changeait et nous nous efforcions, malgré notre isolement, de suivre le mouvement dont nous découvrions les manifestations dans les foires. Que de surprises chaque fois ! Nous n'éprouvions pas de l'envie, ni de la jalousie, mais seulement la certitude qu'il fallait avancer nous aussi en travaillant encore plus, ou encore mieux si nécessaire.

Et c'est ce que nous avons fait, sans nous douter que le destin, aussi, réclame sa part, et qu'il frappe le plus souvent au moment où l'on s'y attend le moins.

14

MA MÈRE est tombée devant moi, dans la cour de la ferme, à la mi-avril 1935. Quand je me suis penché sur elle pour la relever, pensant qu'elle avait seulement trébuché avant de chuter, je l'ai crue morte, mais elle ne l'était pas. Elle avait été frappée par ce que l'on appelait à l'époque une « attaque » et que l'on qualifie aujourd'hui d'« accident vasculaire cérébral ». Je n'avais jamais vraiment vécu directement le malheur : je n'avais pas connu mon père et j'étais trop jeune lors de la nouvelle de sa mort pour en souffrir réellement. Quant à Félicien, malgré l'attachement que je lui portais, sa disparition ne m'avait pas ébranlé au point d'en perdre le sommeil.

Mais ma mère, frappée ainsi, et tout de suite tellement diminuée, ayant perdu la parole, ne pouvant plus marcher, j'ai eu beaucoup de difficultés à l'accepter. Et comment l'accepter d'ailleurs ? Le médecin s'était montré très pessimiste sur ses chances de guérison. Ce n'était pas comme aujourd'hui où l'on pratique une rééducation souvent efficace. Pensez donc ! En 1935 ! Au fin fond d'une campagne, isolés de tout !

Il a bien fallu pourtant faire face à cette situation et Sylvie m'a été d'un grand secours. De même qu'Alphonse, qui manifestait envers ma mère une véritable vénération. Nous l'avons installée dans un fauteuil dans la cuisine et nous nous sommes relayés pour nous occuper d'elle, comme il se devait. Il n'était pas question de l'envoyer dans une maison de rééducation – elles étaient d'ailleurs quasiment inexistantes à ce moment-là –, ni de l'abandonner dans un hôpital, pauvre femme dont le regard seul pouvait parler, et qui, par moments, laissait couler quelques larmes qui me dévastaient.

Que pouvais-je faire pour la soulager ? Avec l'assentiment de Sylvie, j'ai acheté un poste de TSF, afin qu'elle ne se sente pas trop seule la journée, quand nous étions aux champs, et Sylvie s'est dévouée auprès d'elle avec une patience dont je lui ai toujours été infiniment reconnaissant. C'était comme ça. Tout le monde agissait ainsi dans les campagnes, alors : on s'occupait des personnes en difficulté de façon naturelle, en s'efforçant de leur donner tout ce qu'on leur devait. Il fallait veiller sur elles du mieux possible, il n'y avait pas là matière à discussion.

Mais ce que je n'avais pas imaginé avec cet accident, c'est que le poste de TSF allait faire entrer dans notre maison le monde entier. Du jour au lendemain, en effet, nous avons été au courant des nouvelles de la France et des pays lointains. Nous n'étions plus seuls, tout à coup, ni ignorants de ce qui se passait à Paris ou ailleurs, des décisions du gouvernement, de la crise économique de ces années 1930 qui s'étendait sur l'Europe après avoir frappé les États-Unis.

Notre vie en a été bouleversée : chaque soir, pendant le repas, nous écoutions les informations, et c'est seulement à ce moment-là que j'ai commencé à m'intéresser un peu à la politique, puisque aussi bien je découvrais qu'elle nous concernait, ne serait-ce que par le prix du blé, de la viande, ou des céréales. J'entendais parler pour la première fois de la chute des ministères – Flandin, au mois de juin, remplacé par Laval –, de l'attaque de l'Éthiopie par l'Italie, de l'émission par le Trésor d'un emprunt de deux milliards à cinq pour cent. Deux milliards ! Mais dans quel monde vivions-nous ? Était-ce possible, une somme pareille ? Je ne comprenais pas tout, mais je ressentais à quel point nous étions petits sur ce plateau corrézien, et loin d'imaginer dans quel luxe, quelles facilités, les gens vivaient en ville, avec des préoccupations si différentes des nôtres : nos seuls soucis étaient les récoltes, le foin, et le peu d'argent que nous valait la vente du petit bétail dans les foires.

Qu'importe ! Nous aurions été parfaitement heureux, cette année-là, si ma mère ne s'était pas trouvée paralysée, dépendante de sa belle-fille et de son fils, et malheureuse de cet état qui lui était insupportable. Sans doute est-ce pour cette raison qu'elle n'a pas vécu longtemps après le premier accident vasculaire cérébral. Je crois qu'elle s'est laissée mourir. En novembre, un matin, en me levant, je l'ai trouvée morte dans son lit. Je suis resté un long moment près d'elle tandis que Sylvie allait prévenir les gens du hameau, puis les femmes sont venues faire la toilette mortuaire, le médecin a signé le permis d'inhumer, et j'ai tenu à la veiller seul durant la nuit qui a suivi. J'ai cru alors me retrouver à la ferme du Pradel, quand nous étions métayers de M. Combressol et qu'elle me parlait de mon père, assise face à moi de l'autre côté du cantou. J'ai entendu une dernière fois sa voix qui murmurait : « Vois-tu, je l'aurais suivi n'importe où » – ou encore : « Ne mens jamais, Émilien, mentir est le péché des faibles… » J'ai revécu ce matin de novembre, précisément, où nous avions quitté la métairie, j'ai senti la pluie froide et trébuché sur les ornières du chemin, j'ai repensé à son hésitation au moment de me quitter, refusant de m'abandonner puis s'inclinant devant le sort qui nous était fait. Je l'ai revue venir vers moi, le dimanche, quand j'étais placé à Bonnefage, afin de tenir sa promesse, se soucier de ma santé, me donner un petit présent : une galette ou une merveille dont le sucre fondait délicieusement dans ma bouche. Je l'ai écoutée le jour où elle m'a parlé de Félicien, s'étant sacrifiée pour moi, soucieuse seulement de me voir grandir près d'elle et en sécurité, je l'ai entendue le jour où elle a prononcé son « merci » quand j'ai accepté de quitter l'école, un « merci » qui résonne encore en moi aujourd'hui.

Et maintenant, elle était morte, cette pauvre femme épuisée par trop de travail, l'ineffaçable chagrin d'avoir perdu un mari de vingt ans, et puis un autre : le bon Félicien – comme si elle était condamnée à n'exister que pour moi. Plus que de la souffrance, cette nuit-là, j'ai connu une sorte de soulagement : elle était enfin libérée du travail et de la maladie, elle ne souffrait plus de se sentir une charge pour nous qui, pourtant, la soignions sans jamais le moindre mouvement d'impatience.

Nous l'avons portée en terre par un après-midi semblable à celui de notre départ de la ferme du Pradel, chargé de rafales de pluie froide, et j'ai eu l'impression de la perdre pour la deuxième fois. Elle est enterrée dans le petit cimetière de Loubatié, là où, sans doute bientôt, j'irai la rejoindre, puisque telle est ma volonté dans le document que j'ai signé chez un notaire, il y a quelques années. Mais je n'ai jamais pu repenser à sa disparition sans me persuader que cette femme méritait un autre destin que le sien, même si grâce à elle nous étions devenus propriétaires de quelques terres : le grand rêve de sa vie, devenu le mien, par la force des choses et de sa volonté.

15

LA VIE a repris, comme avant, ou presque. J'avais une épouse jeune et courageuse, des terres à faire valoir, et nous devions ne pas trop penser au passé, aller de l'avant, nous agrandir, si possible, pour élever davantage de bétail sur les pâtures. Sylvie était du même avis que ma mère : il ne fallait pas hésiter à acheter, et donc à emprunter. Son père, aussi, nous y poussait, qui défrichait chaque année une parcelle, malgré la charge de travail supplémentaire que cet effort impliquait.

Je m'y suis résolu d'autant plus facilement que Sylvie, un soir de décembre, m'a annoncé qu'elle attendait un enfant. Ma mère était à peine morte depuis un mois que la vie se manifestait de la façon la plus heureuse qui soit. Après la mort, la vie ! Les plus vieux doivent disparaître pour laisser la place aux jeunes qui grandiront et s'en iront eux aussi, un jour. C'est ce que je vais devoir faire, à plus de quatre-vingt-dix ans. Je n'en conçois pas une grande tristesse : ce que je ne veux pas, c'est devenir dépendant de mes enfants, le reste m'importe peu. J'ai fait mon temps, comme on dit, mais cela ne m'empêche pas de revivre avec bonheur les années heureuses comme l'a été cette année 1936 où mon fils Paul est né en plein cœur des moissons, le 8 août exactement, et dans notre maison de Loubatié, comme c'était la coutume. Les femmes, alors, n'accouchaient pas dans les hôpitaux ou les maternités. Elles accouchaient à domicile avec l'aide d'une sage-femme, le plus souvent formée à l'expérience et non par de longues études dans les facultés de médecine. Mais quel danger elles couraient alors, loin des centres de soins qui auraient pu les sauver en cas de difficulté !

Je me souviens de ce jour d'été caniculaire comme si c'était hier : j'avais laissé Sylvie aux soins de la sage-femme et de deux voisines pour aller moissonner, mais je revenais toutes les heures à la maison voir si l'enfant était né – on ne savait alors dire à l'avance si ce serait un garçon ou une fille. Sylvie avait ressenti les premières douleurs au petit matin et elle n'était pas encore délivrée à quatre heures de l'après-midi. Je commençais sérieusement à m'inquiéter, malgré les paroles de sa mère qui se voulaient rassurantes. Enfin à cinq heures, quand je suis revenu, en franchissant le seuil de notre maison, j'ai entendu des cris d'enfant dans la chambre. Paul venait juste de naître. C'était un enfant bien formé et déjà vigoureux, mais sa mère, elle, était épuisée. Elle est quand même parvenue à me sourire quand je me suis penché sur elle pour l'embrasser, tout en ayant à peine la force d'ouvrir les yeux.

Trois jours plus tard, alors qu'il était habituel, pour les femmes, de rester couchées plus longtemps, Sylvie était sur pied et recommençait à travailler. Je ne dirai jamais assez ce que je dois à cette épouse si courageuse avec qui je me suis si bien entendu tout au long de ma vie ! Elle m'a quitté depuis trente ans, mais je sens toujours sa présence comme si elle était là, dans l'ombre, veillant sur tous les siens.

Tout changeait en cette année 1936. Un Front populaire dirigé par Léon Blum avait gagné les élections du printemps. On ne savait pas trop quoi en penser dans les campagnes : il était censé surtout défendre les ouvriers des villes, mais la création de l'Office du blé et l'instauration de primes aux éleveurs lui ralliaient beaucoup de familles de paysans. Certes, les congés payés ne nous concernaient pas, car nous ne pouvions abandonner nos bêtes quinze jours d'affilée, pas plus d'ailleurs que la semaine de quarante heures, mais nous avions deviné que ce M. Blum penchait plutôt du côté de ceux qui avaient peu, et travaillaient beaucoup.

J'ai compris à ce moment-là que nous aussi, les paysans, devions penser à nous regrouper, comme les ouvriers, pour nous défendre du mieux possible. En effet, nous étions tellement isolés sur le plateau, que j'avais souvent l'impression de travailler dans un désert, et sans le moindre appui, de quelque nature que ce soit. Anselme, mon beau-père, m'y incitait depuis longtemps. Il avait adhéré à l'Union nationale des syndicats agricoles, dont les idées étaient inspirées par la doctrine sociale de l'Église. La religion catholique régnait alors sur les campagnes où les curés se montraient très présents dans tous les domaines. Un nommé Henri Dorgères venait de créer le Front paysan qui regroupait l'Union nationale des syndicats agricoles, le Parti agraire de Fleurant Agricola, et les Comités de défense paysanne créés précisément par cet Henri Dorgères qui était un tribun extraordinaire. Nous sommes allés l'écouter, un soir à Tulle, avec Anselme. Il y avait beaucoup de monde dans la petite salle des fêtes où nous avons eu du mal à nous frayer un passage. Pour Dorgères, le régime parlementaire tel que nous le connaissions ne tenait pas compte du métier de paysan, car il était soumis aux caprices de la politique et aux ordres de la spéculation. On le disait royaliste. Je m'en suis méfié dès le début, et j'avais raison : en 1940, le Front paysan s'est rallié au régime de Vichy avec enthousiasme, et Dorgères est devenu délégué à la propagande de la Corporation paysanne. J'ai renoncé à adhérer à un syndicat, mais j'étais persuadé que je devrais m'y résoudre un jour. Nous étions trop seuls, dans le hameau, pour faire face aux problèmes nouveaux de la marche du monde, malgré la solidarité qui régnait entre nous.

Par ailleurs, nous avions d'autres soucis à ce moment-là : on entendait de plus en plus parler d'un nommé Hitler en Allemagne, qui, disait-on à la TSF, ne songeait qu'à prendre sa revanche de la défaite de son pays en 1918. Tout cela réveillait en moi de très mauvais souvenirs : j'entendais encore ma mère me parler de mon père disparu lors de cette maudite guerre et je me demandais si je n'allais pas moi aussi devoir payer ce prix et laisser ma jeune femme seule avec notre fils. Le fait d'avoir été dispensé de service militaire me rassurait un peu, mais qu'en serait-il en temps de guerre ? Sylvie aussi s'inquiétait des nouvelles entendues, le soir, au coin du feu.

– Et si tu étais obligé de partir ? demandait-elle. Comment ferais-je ici toute seule ?

Je la rassurais de mon mieux, en lui dissimulant mon inquiétude :

– Personne ne sera assez fou pour recommencer les tueries de la dernière guerre. Les Allemands ont eu autant de morts que nous. Il n'y a aucun danger, j'en suis certain.

En réalité, je n'en étais pas si sûr que cela, d'autant plus qu'une nouvelle guerre venait de commencer en Espagne, tout près de chez nous, préfigurant, disait-on, celle qui ne manquerait pas de survenir bientôt. Je me serais volontiers abstenu d'allumer la TSF, si l'on n'y avait pas entendu aussi de la musique qui nous faisait oublier la fatigue et les mauvaises nouvelles. On écoutait *La Caissière du Grand Café* ou encore *Marinella* chantée par Tino Rossi avec, disait le speaker, sa belle voix de velours. Nous riions également à l'écoute des réclames : celle de la lessive Saponite, par exemple, ou celle qui déclamait chaque soir : « Marie tes foies gras, Marie tes foies gras, tes foies gras Marie sont splendides. » Même Alphonse s'en amusait, et il s'attardait auprès de nous jusqu'à la nuit, ne se résignant pas à aller se coucher…

C'est au début de l'année suivante, je crois, qu'Anselme, le père de Sylvie, est venu me proposer d'acheter avec lui une batteuse à essence équipée d'expulseurs de balles économisant sept à huit hommes. Ainsi nous pourrions effectuer les battages comme entrepreneurs dans les fermes des alentours et gagner l'argent nécessaire aux remboursements. Nous en avons discuté avec Sylvie, et nous avons conclu que, n'ayant pas assez de temps pour venir à bout de tous nos travaux sur la propriété, il m'était impossible de m'éloigner pendant les trois semaines que duraient les moissons. C'était la première fois que nous refusions le progrès qui se présentait à nous. Mais nous avions beaucoup emprunté, déjà, et les temps devenaient de moins en moins sûrs. Anselme ne nous en a pas voulu : il approchait de la retraite et désirait transmettre ses terres à son fils aîné – le frère de Sylvie, prénommé Lucien –, et tous deux ont trouvé l'argent nécessaire à cette acquisition.

Nous avons continué à travailler de la même manière tout au long des mois qui ont suivi, heureux de pouvoir vivre sans trop de soucis. Le Front populaire avait fini par s'écrouler, miné par les attaques incessantes de la droite comme de la gauche, mais ces événements se déroulaient loin de nous et ne nous concernaient guère, après tout, les gouvernements se succédant depuis toujours, selon des règles qui tenaient plus du jeu politique que des convictions pourtant exprimées solennellement.

Je me suis davantage senti concerné par la nouvelle que nous avons entendue le 12 mars 1938, aux informations de huit heures du soir, quand le speaker a annoncé que l'Allemagne venait d'envahir l'Autriche. On nous avait rebattu les oreilles des alliances qui existaient entre la France et l'Angleterre face au Führer, et j'ai deviné qu'il y avait dans cette invasion les prémices de quelque chose de redoutable. Je l'ai soigneusement caché à Sylvie, mais j'ai compris qu'elle aussi s'en inquiétait. Peut-être est-ce pour cette raison qu'elle a tardé à m'annoncer qu'elle attendait un deuxième enfant, mais je ne m'en suis pas désolé, au contraire : j'ai voulu considérer cette nouvelle comme un espoir pour l'avenir. Il ne fallait pas avoir peur, il fallait avancer, construire, ne pas s'attarder à ce qui inquiétait, et, à la réflexion, avec le recul du temps, c'est sans doute ce que nous avions de mieux à faire pour continuer à vivre avec la confiance que je m'étais toujours efforcé de garder vivante en moi.

16

TOUTE CETTE année 1938 n'a été qu'une marche aveugle vers une guerre qui chaque jour devenait de plus en plus probable. Après l'Autriche, Hitler s'en est pris aux Sudètes, c'est-à-dire à la Tchécoslovaquie à qui appartenait ce territoire installé sur le plateau de Bohême. Au mois de septembre, la France a rappelé quarante mille réservistes et l'Angleterre a placé ses bataillons en état d'alerte. Peu après, à la conférence de Munich, la France et l'Angleterre ont abandonné la Tchécoslovaquie à son sort. Je me souviens très bien de la soirée du 30 septembre, quand le speaker a expliqué que Daladier, le président du Conseil français, était rentré en héros de Munich et avait été acclamé dans les rues de Paris pour avoir sauvé la paix.

Nous aussi en avons été soulagés, mais je me suis demandé, à cette époque-là, si l'on ne vivait pas plus heureux avant d'écouter cette TSF qui nous reliait chaque jour aux menaces du monde. C'était pourtant un bel automne que cet automne-là : beaucoup de châtaignes, de pommes de terre, de regain, de blé noir, et le froid ne s'était pas encore abattu sur le plateau. De surcroît une deuxième naissance était attendue pour le mois de décembre, et nous ne savions pas si ce serait un garçon ou une fille. Sylvie aurait préféré une fille, je le savais, mais je dois avouer que pour ma part j'imaginais deux fils devenus grands, capables de m'aider de leurs bras vigoureux avant de me succéder sur ces terres gagnées au prix de tant d'efforts et de sacrifices.

Louis est né le 6 décembre 1938 à deux heures du matin, mais l'accouchement s'est avéré très difficile, et mon épouse a dû être conduite le lendemain à l'hôpital de Tulle pour une opération chirurgicale qui l'a ébranlée douloureusement. Heureusement, elle a pu regagner la maison avant la Noël de cette année-là, et même assister à la messe de minuit à Croisillac, où nous nous sommes rendus emmitouflés dans d'épaisses couvertures de laine. Elle était très croyante, Sylvie, beaucoup plus que moi, qui me suis souvent interrogé sur l'existence de Dieu – et je ne cesse de m'interroger encore aujourd'hui, ayant beaucoup plus d'espérance que de foi. Mais j'ai aimé, ce soir-là, les chants de l'église illuminée, et cette sorte de confiance qui régnait chez les hommes, les femmes et les enfants assemblés sous les voûtes jaunes et bleues.

En arrivant à Loubatié, Sylvie m'a dit en ranimant les flammes dans la cheminée :

– J'ai prié pour que le bon Dieu nous préserve des malheurs.

Elle a ajouté, en se retournant, souriante, vers moi :

– Nous et nos deux fils.

Pendant les jours qui ont suivi, nous avons tout oublié des dangers qui avaient rôdé à l'automne, d'autant plus que les réunions de famille se sont poursuivies jusqu'au Nouvel An, et que la TSF paraissait elle aussi respecter une trêve, diffusant des chansons profanes aussi bien que des chants religieux.

Oui, je garde un très bon souvenir de ce Noël-là qui nous a fait ignorer les menaces du monde extérieur : nous sortions peu car il faisait très froid, et nous nous tenions rassemblés, nos deux enfants et nous, devant la cheminée où s'élevaient de grandes flammes couleur d'un or que nous ne posséderions jamais, mais qui pourtant savaient si bien nous réchauffer.

J'avais l'impression de tenir entre mes mains le bonheur que préservait notre isolement. Car isolés, nous l'étions toujours. Personne dans le hameau n'avait pu acheter de voiture, et, si ce n'était à l'occasion des foires, nous quittions rarement Loubatié. L'entraide régnait toujours entre les familles, même si les Rebière, eux, étaient partis, après avoir vendu leurs quelques terres cultivables. Ils avaient rejoint leur fille Jeanne mariée à Clermont-Ferrand, où le père avait trouvé une place chez le fabricant de pneus Michelin. Personne chez nous à cette époque-là – pas même moi – n'a décelé dans ce départ les prémices de ce qui se passerait un jour. Les Rebière en avaient assez, nous avaient-ils dit, de trimer de l'aube jusqu'à la nuit, sans jamais un jour de repos – et « pour des prunes », avaient-ils ajouté. Je ne les ai pas compris, et je leur en ai voulu. Comment aurait-il pu en être autrement ? Nous possédions des terres qui nous faisaient vivre à suffisance et, même si nous travaillions beaucoup, nous ne manquions de rien.

Il a fait très froid, cet hiver-là, et le printemps a tardé à faire fondre les neiges dans les combes ignorées du soleil et à favoriser l'éclosion des bourgeons dans les arbres. Nous venions juste d'entreprendre les labours quand, de nouveau, le monde est devenu fou : après l'Autriche et les Sudètes, Hitler s'en prenait maintenant à la Pologne. L'Angleterre et la France ont décidé alors de montrer les dents en affirmant qu'elles n'accepteraient pas une nouvelle agression. Le climat politique s'est ensuite un peu détendu, d'autant que la France a conclu un accord avec la Russie contre Hitler, ce qui a semblé calmer sa folie. J'ai sincèrement cru à ce moment-là que le danger était passé, et j'ai profité des premiers beaux jours pour défricher un bois-taillis acheté aux Rebière. Une pâture de plus en perspective, et donc un troupeau qui s'agrandissait année après année, nous procurant des ressources supplémentaires pour acheter ce qui nous apparaissait au fil des jours nécessaire.

De fait, nous avions de moins en moins de répit : avec le printemps il fallait planter, biner, sarcler et butter les pommes de terre, désherber les champs, se préparer à la galère des foins qui s'annonçaient beaux, car il avait beaucoup plu en mars. Nous ne possédions toujours qu'une faucheuse mécanique tirée par des vaches dressées à cet effet, et il fallait faner, faire sécher, rentrer le foin sous la menace permanente des orages de la fin juin.

Ainsi, l'été s'étira jusqu'à la moisson facilitée par la batteuse à essence à expulseurs de balles d'Anselme et de Lucien. Une chaleur oppressante s'était installée sur le plateau et elle durait encore, à la fin du mois d'août, quand nous avons été frappés de stupeur, un soir, en entendant à la TSF la nouvelle de la conclusion d'un pacte germano-soviétique de non-agression, laissant à Hitler les mains libres pour attaquer la Pologne. D'après le speaker, Staline avait abandonné ses alliés français et anglais à leur sort, face au fou qui menaçait l'Europe. Anselme, mon beau-père, fidèle d'Henri Dorgères, s'était toujours défié de l'URSS, et moi aussi, il faut bien l'avouer. Nous avions, ma mère et moi, si durement gagné nos terres que je ne les voyais pas regroupées au profit d'une communauté. Ce n'était pas suffisant pour adhérer au syndicat d'un homme que je n'aimais pas. Nous avions des discussions assez vives à ce sujet avec Anselme, mais je cherchais à les éviter pour ne pas faire de peine à Sylvie. Les communistes – deux au hameau – ont prétendu justifier la décision du petit père des peuples en assurant que le moment venu, une fois que Hitler serait affaibli, Staline ne manquerait pas « de lui tomber dessus ». La réalité était beaucoup plus sordide, mais nous ne l'avons connue que bien des années plus tard : Staline avait négocié une mainmise sur les pays voisins de l'URSS, et notamment les pays Baltes. Or, la France et l'Angleterre avaient signé un traité d'alliance avec la Pologne, et la guerre semblait inévitable.

Nous avons encore espéré une semaine ou deux, je ne me souviens plus très bien, mais le 2 septembre, l'armée allemande étant entrée en Pologne la veille, on a appris par Anselme que les affiches de la mobilisation générale étaient placardées à Croisillac, sur le mur de la mairie. Puis la TSF a annoncé que l'Angleterre était en état de guerre avec l'Allemagne, mais il restait encore un espoir pour la France, qui attendait une réponse de l'Allemagne à sa lettre de communication du 1er septembre. Malgré le travail qui nous attendait à l'extérieur, Sylvie et moi sommes restés rivés au poste de TSF qui diffusait – de cela je me souviens très bien – des chansons de Jean Sablon, de Lucienne Delyle ou de Tino Rossi, entre les communiqués de plus en plus alarmants. C'est seulement dans la soirée que nous avons entendu que la déclaration de guerre de la France à l'Allemagne datait de dix-sept heures. J'ai pensé à ma mère, ce soir-là, et j'ai été soulagé qu'elle ne soit plus de ce monde car ces événements lui auraient rappelé de trop mauvais souvenirs. Elle n'aurait pas manqué de me parler de mon père parti dès les premiers jours de mobilisation en 1914, et qui n'était jamais revenu.

Est-ce que j'allais devoir partir moi aussi ? J'avais vingt-quatre ans et n'avais pas fait de service militaire. Il m'a semblé que de toute façon j'avais un peu de temps devant moi, ce qui n'était pas le cas de trois jeunes hommes de Loubatié, dont Lucien, le frère de Sylvie, qui, d'après son fascicule de mobilisation, devait rejoindre son régiment dans les quarante-huit heures. J'ai passé toute la soirée à la rassurer, mais nous n'avons guère dormi, cette nuit-là, et aussitôt levés, le lendemain matin, nous avons allumé le poste de TSF pour tenter de deviner ce qui nous attendait dans les jours à venir.

Pourtant, passé l'affolement des premières quarante-huit heures, il a fallu reprendre les travaux du début de l'automne, sans que je sache, pour ma part, si j'allais pouvoir les mener à bien. Avec Sylvie, nous guettions le facteur chaque matin, redoutant de recevoir une convocation pour la caserne de Tulle, de Brive ou de Limoges. D'après la TSF, les contacts avaient été établis entre les deux armées, mais il ne se passait rien, là-haut, dans le Nord, où les bataillons s'observaient sans combattre. Qu'est-ce que cela signifiait ? Sans doute la France et l'Allemagne avaient-elles trop peur l'une de l'autre pour s'engager dans un combat dont l'issue était imprévisible.

Quoi qu'il en soit, nous avons été rapidement rassurés par cette guerre qui n'en était pas une, et même si Lucien était parti le surlendemain de la déclaration, je me suis persuadé que pour ma part je ne partirais pas, du moins dans l'immédiat. Sylvie en a également été réconfortée, à la fois pour moi et pour son frère, dont les bras manquaient déjà à Anselme sur une propriété devenue soudain trop grande pour lui. Nous l'avons aidé tant que nous l'avons pu au cours de cet automne riche en châtaignes, en blé noir et en pommes de terre, jusqu'à ce que, un soir, en novembre, il vienne frapper à notre porte : il n'était pas seul. Il était accompagné d'un homme de petite taille, très brun, les sourcils épais, l'air énergique, le regard franc, qu'il nous a présenté sous le prénom d'Antonio.

– Il est espagnol, a ajouté Anselme, et il s'est battu contre Franco jusqu'à la chute de Barcelone. Après la défaite, il a passé les Pyrénées et s'est retrouvé dans un camp, à Septfonds, dans le Tarn-et-Garonne. À la déclaration de guerre, il s'en est évadé.

Anselme s'est tu un moment, comme s'il hésitait à poursuivre, puis il a précisé :

– Ses amis et lui ont peur des Allemands qui sont les alliés de Franco. Ils se sont échappés des camps, ils se cachent et cherchent à survivre… Je l'ai embauché pour remplacer Lucien.

Et il a terminé en disant :

– Il parle un peu français. On l'appellera Antoine. Personne, ici, à Loubatié, n'y trouvera à redire… On ne risque rien.

Puis il nous a demandé :

– Vous êtes d'accord ?

– Bien sûr.

Alors l'homme nous a serré la main, et a dit d'une voix grave :

– *Muchas gracias !*

Ils sont repartis dans la nuit et nous nous sommes félicités, Sylvie et moi, de l'appui précieux que cet Espagnol allait pouvoir apporter à Anselme – et donc à nous qui l'aidions beaucoup.

De fait, Antonio s'est tout de suite révélé d'un courage et d'une résistance extraordinaires. Chez lui, il travaillait comme ouvrier agricole dans un grand domaine de Catalogne. Rien ne le rebutait, il savait tout des travaux de la terre, même si le climat de la Catalogne et donc les cultures étaient différents des nôtres. Cette année-là, on a pu travailler jusqu'à la mi-décembre sans trop de difficultés, et ensuite il a fait très froid : un des pires hivers que nous ayons connus. On entendait les arbres craquer dans les bois, et on trouvait des oiseaux morts sur les chemins. Alphonse, qui avait passé les soixante-dix ans, avait fini par accepter de dormir à la maison plutôt que dans la grange, mais il sortait toujours pour travailler malgré la température glaciale et le vent du nord.

Il est tombé malade en janvier, et le médecin de Croisillac, que nous avons appelé aussitôt, n'a pu le sauver : il n'existait pas d'antibiotiques à cette époque-là, et les médicaments étaient rares. Nous avons fait tout ce que nous avons pu pour cet homme qui nous avait été si dévoué, et qui nous quittait sans une plainte, épuisé par une vie de travail. Nous l'avons porté en terre dans un caveau du cimetière de Loubatié, où il repose tout près de celui qui a accueilli les membres de notre famille.

Comme moi, Sylvie a été très malheureuse de cette disparition. Alphonse était au fil des années devenu l'un des nôtres. Jamais un mot plus haut que l'autre, mais du dévouement, au contraire, et un respect mutuel sans la moindre faille ni le moindre accroc. Paul, notre fils, l'aimait beaucoup lui aussi. Ils jouaient ensemble le soir, sur la table de la cuisine, en attendant le repas. Alphonse lui taillait des jouets dans du bois avec adresse, il le prenait souvent sur ses genoux et il lui racontait des légendes de l'ancien temps. À un peu plus de trois ans, le pauvre enfant n'a pas compris pourquoi il se trouvait brusquement séparé d'un compagnon de jeux, dont la patience et l'attention ne lui faisaient jamais défaut. Sylvie a tenté de lui expliquer que les personnes âgées devaient mourir, qu'on ne pouvait rien y faire, mais qu'on les retrouvait un jour dans le ciel.

– Alors je veux monter au ciel tout de suite, lui a-t-il répondu.

Il nous a fallu longtemps pour le consoler, autant dire tout cet hiver glacial qui a paralysé le plateau sous la neige et le gel. Il faut croire qu'il a fait aussi très froid dans le Nord puisque la guerre elle-même s'était endormie, et que nous avons fini par croire qu'elle ne se réveillerait jamais.

17

ELLE S'EST pourtant brusquement réveillée avec le printemps, alors qu'on ne s'y attendait plus. La neige avait fini par fondre en avril, le vent avait tourné à l'ouest, apportant des averses de pluie fine qui rendaient pénible le travail à l'extérieur, puis le soleil était enfin apparu début mai, asséchant les chemins. Nous étions loin d'imaginer qu'il favorisait ainsi la mise en marche des armées, lesquelles avaient été paralysées tout l'hiver. C'est pourquoi nous avons été abasourdis le 11 mai, en apprenant à la TSF que cent cinquante divisions allemandes, venues de Pologne et appuyées par l'aviation, étaient entrées en France par les Ardennes en contournant la ligne Maginot. À peine avons-nous eu le temps de nous faire à cette idée que les nouvelles se sont succédé, de plus en plus alarmantes : les Allemands avaient percé à Sedan, franchi la Meuse, et des milliers de civils fuyaient vers le sud en voiture, mitraillés par les avions. Que se passait-il donc ? Nous ne comprenions pas que l'armée française ne puisse s'interposer sur la Seine ou sur la Marne comme lors de la dernière guerre, et Sylvie s'inquiétait beaucoup pour son frère dont on n'avait aucune nouvelle.

En quelques jours, la débâcle a été totale, et jusqu'au mois de juin cet effondrement incompréhensible nous a paralysés, au point de ne même pas songer aux foins qui attendaient d'être coupés. Nous nous sommes quand même décidés à faucher vers le 10, le jour où l'Italie de Mussolini a déclaré la guerre à la France. Cette dernière traîtrise nous a accablés. Anselme et Marthe, sa femme, venaient chaque soir écouter les informations chez nous, et nous tentions de deviner ce qui allait se passer : est-ce que les Allemands allaient arriver jusque chez nous ? Devions-nous songer à nous battre, nous aussi ? À Croisillac, on disait que les ponts de la Loire avaient sauté, que les réfugiés arrivaient de partout, qu'il y en avait plus de cinq mille à Tulle, deux mille à Ussel, que les Allemands étaient déjà à Brive.

J'avais du mal à croire tout ce que j'entendais, et je me suis réfugié dans le travail, m'efforçant de rentrer les foins avant les orages qui commençaient à rôder au-dessus du plateau. Le 17 juin, nous avions fini, et c'est en étant très fatigués que, le soir, à huit heures, nous avons allumé la TSF et avons entendu ce qui était inimaginable un mois auparavant : le maréchal Pétain d'une voix chevrotante a annoncé qu'il avait demandé l'armistice. « C'est le cœur serré que je vous dis aujourd'hui qu'il faut cesser le combat. Je me suis adressé cette nuit à l'adversaire pour lui demander s'il est prêt à rechercher avec moi, entre soldats, après la lutte et dans l'honneur, les moyens de mettre un terme aux hostilités. Que tous les Français se groupent… »

J'ai éteint le poste, car je ne pouvais pas en entendre davantage. Nous sommes restés un long moment silencieux, incapables de bouger ou de prononcer un mot. Je pensais à mon père en me disant qu'il était mort pour rien vingt-cinq ans auparavant, tandis que Sylvie, elle, pensait surtout à son frère Lucien. Où se trouvaient donc les soldats français ? Avaient-ils été tous faits prisonniers ? Étaient-ils morts sous les bombardements ? Impossible de savoir ce qui s'était réellement passé. Nous étions encore sous le coup de la déclaration du Maréchal quand, le soir du 18 juin, nous avons entendu un certain général de Gaulle appeler à la résistance contre les Allemands. Nous n'avons pas été réellement convaincus par cet appel d'un inconnu, mais, pour ma part, grâce à lui, j'ai retrouvé un peu d'espoir dans les jours qui ont suivi, malgré l'armistice signé le 21 juin avec l'Allemagne qui allait occuper une partie du pays.

Dès lors, Sylvie et ses parents se sont mis à

attendre le retour de Lucien. La guerre était finie et il fallait déjà songer à la moisson, dont les épis achevaient de mûrir comme d'habitude – comme si la guerre était impuissante à contrarier la terre qui nous nourrissait. Cette pensée m'a été précieuse, au début de cet été-là. Nous étions si isolés, si loin des grandes routes, que rien, finalement, ne pouvait s'opposer à la vie que nous menions depuis toujours. D'ailleurs, à Loubatié nous n'avions pas vu le moindre uniforme allemand, et nous étions désormais en zone libre, non en zone occupée, ce qui nous préservait de la présence de l'occupant. La ligne de démarcation passait plus au nord, avant de s'incliner vers l'Aquitaine, au niveau du département de la Dordogne. Il nous a semblé alors que le vieux maréchal avait réussi à éviter le pire, d'autant plus qu'un jeune soldat de Loubatié est rentré en juillet, démobilisé de l'armée. Il nous a raconté la débâcle, la fuite des soldats débandés vers le sud sous les bombardements, et comment, avec quelques amis, il avait pu revenir vers Clermont-Ferrand où il avait été démobilisé. Lui non plus n'avait rien compris à ce qui s'était passé. Quand l'ordre de retraite avait été donné, la panique s'était emparée de l'armée, dont le seul souci avait été de passer la Loire avant que ne sautent les ponts. Il n'avait pas tiré un seul coup de fusil. Il se sentait honteux, comme moi en pensant à mon père qui était mort pour rien vingt-cinq ans plus tôt. Quelle tristesse s'est abattue sur nous, cet été-là !

D'autant qu'on ne savait toujours pas où se trouvait Lucien. Pourquoi ne revenait-il pas alors que la tempête s'était éloignée de chez nous, ce que m'a confirmé un voyage à Tulle pour vendre des volailles à la foire ? Pas un seul Allemand ! Rien d'inquiétant, mais, au contraire, une grande animation, de nombreux étals, des bestiaux presque aussi nombreux, comme si l'orage était passé sans dégâts apparents. J'en ai été troublé au point de me sentir reconnaissant envers le vieux maréchal, et j'en ai encore un peu honte aujourd'hui, mais il faut me comprendre : une fois de plus, nous vivions loin de tout, isolés, et la vie pour nous demeurait la même. Nos deux fils grandissaient, nous ne manquions de rien, et nous continuions à travailler avec les mêmes soucis qu'avant : essentiellement ceux qui étaient liés aux récoltes qui assuraient notre autonomie, et à l'absence de deux jeunes hommes natifs du hameau qui ne revenaient pas.

En revanche, des réfugiés étaient arrivés à Loubatié et à Croisillac, venus du Nord et de l'Est, parents lointains des familles du plateau. Leurs récits de l'exode étaient aussi épouvantables que ceux des soldats : ils avaient vu des militaires brûler leur drapeau, des soldats faire usage de la force pour passer devant les civils aux carrefours, des villages pillés, des disputes pour un verre d'eau devant les cafés, des vieillards exténués couchés au bord des fossés. Tout cela me paraissait incroyable. On ne peut pas imaginer aujourd'hui une débâcle si rapide et une victoire si foudroyante. Ces récits me consternaient, et je me demandais si les Allemands se contenteraient d'occuper la partie nord de notre pays, alors qu'ils étaient désormais tout-puissants.

Un soir, pourtant, en manipulant le bouton de la TSF, je suis tombé par hasard sur une voix qui parlait de combat, de résistance, à la radio de Londres. Cela faisait la deuxième fois que je l'entendais, après le 18 juin. J'ai senti ce soir-là que ce combat serait aussi un jour le mien : mon père ne pouvait pas être mort pour rien. Mais il était trop tôt, alors, pour y songer vraiment, d'autant qu'un million et demi de prisonniers étaient retenus en Allemagne, et que les bras manquaient un peu partout. Et parmi ces prisonniers se trouvait Lucien, dont une lettre est arrivée en septembre, nous laissant désemparés, sous le choc. Je m'y attendais un peu mais Sylvie pas du tout, qui gardait l'espoir malgré les mois passés depuis l'armistice. Elle en a perdu le sommeil pendant des semaines et s'est effondrée quand, à la fin du mois d'octobre, nous avons vu sur un journal rapporté de Croisillac par Anselme, le maréchal Pétain serrer la main de Hitler à Montoire. De ce jour-là, pour nous, tout a été clair : le vieux soldat avait trompé la France et ceux qui lui avaient fait confiance.

Il nous a pourtant fallu faire face aux travaux d'automne sans Alphonse, sans Lucien, et avec, dans la tête, l'inquiétante question du sort des prisonniers. Les reverrait-on un jour ? On avait tellement besoin d'eux, chez nous comme ailleurs ! Tout pressait avant l'hiver : le regain, les labours, la récolte des pommes de terre, des châtaignes, les provisions de bois, et il fallait continuer, comme nous l'avions toujours fait, mais sans joie, cette fois, avec la seule satisfaction de faire ce que l'on avait à faire, afin d'assurer notre subsistance et celle de nos enfants.

18

AU PRINTEMPS suivant nous avons fait connaissance avec les cartes de rationnement, mais heureusement, nous produisions à peu près tout ce qu'il nous fallait. Partout ailleurs, et surtout dans les villes, la pénurie s'est installée, les premiers biens de première nécessité partant en Allemagne. Les partis politiques avaient été dissous, ainsi que les conseils municipaux des villes de plus de deux mille habitants. Le régime de Vichy avait favorisé la création du syndicat de la « Corporation paysanne » chargé de mettre en œuvre ce qu'il appelait la Révolution nationale. « La terre ne ment pas », proclamait le Maréchal. Mais lui, chef de l'État désormais, ne mentait-il pas, en prétendant qu'il agissait pour que nos prisonniers reviennent, alors qu'ils étaient toujours plus d'un million en Allemagne ?

Une lettre de Lucien nous avait appris qu'il se trouvait en Bavière, chez des paysans qui cultivaient surtout du houblon. Cette nouvelle avait rendu fou Anselme qui s'épuisait sur ses terres et profondément malheureuse Sylvie qui se demandait si elle reverrait un jour son frère. Plus le temps passait, plus il devenait évident que le gouvernement de Vichy menait la même politique que l'occupant. Toute l'année 1941 n'a été qu'une marche vers ce que je redoutais le plus : l'envahissement par l'Allemagne de notre pays tout entier. La pénurie s'était faite de plus en plus pénible dans les villes, mais nous restions, nous, des privilégiés, avec nos légumes, nos volailles, nos pommes de terre, nos châtaignes, et le gibier encore abondant. Je n'allumais plus le poste de TSF, sinon quelques minutes, le soir, pour tenter de capter la radio de Londres. Nous n'avions pas peur : les Allemands restaient loin de Loubatié, et même si quelques habitants du hameau manifestaient encore de la confiance envers le Maréchal, ils étaient bien incapables de dénoncer qui que ce soit au nouveau maire de Croisillac.

Je l'ai rencontré en allant inscrire Paul à l'école pour la rentrée d'octobre de cette année 1941. Il se trouvait ce jour-là dans la mairie avec son secrétaire : un nouvel instituteur âgé d'une trentaine d'années. Le maire, lui, avait atteint la soixantaine et vendait du matériel agricole. J'ai tout de suite eu confiance dans ces deux hommes avec lesquels nous avions parlé de l'état du pays, de la pénurie des villes, et surtout de l'affiche d'une réquisition qui proclamait l'autorité gouvernementale sur les villages les plus reculés. Elle recouvrait une partie du mur de la mairie et on pouvait y lire :

ÉTAT FRANÇAIS
LE PROBLÈME DU BLÉ
ALLOCUTION DU MARÉCHAL PÉTAIN AUX PRODUCTEURS
POUR LA LIVRAISON AVANT LE 21 AVRIL 1942 DE LEUR BLÉ
Paysans, mes amis
Le ravitaillement en pain est menacé.

Pour faire face aux besoins de la population, plus de trois millions de quintaux par mois sont nécessaires. Afin de faciliter leur répartition, il est indispensable que le gouvernement connaisse les quantités panifiables dont il pourra disposer. C'est pourquoi il a été décidé que tous les blés devaient être battus, livrés avant le 21 avril...

Suivaient des menaces pour les contrevenants et un appel au civisme de tous les Français.

D'après le maire, il s'agissait de provoquer la livraison des céréales conservées frauduleusement depuis l'an passé, celles qui échappaient au circuit officiel et s'écoulaient au marché noir. À Loubatié, nous ne produisions du blé que pour notre consommation familiale et je n'avais donc pas fait de déclaration. Mais j'en avais gardé un peu pour faire face à une éventuelle mauvaise moisson, ce qui avait été le cas.

– Gardez-le ! m'a dit le maire. Si c'est pour donner le blé et qu'il parte en Allemagne, ce n'est pas la peine. Ne vous inquiétez pas : personne ne viendra vous contrôler.

Et il a ajouté, devant le maître d'école qui l'a approuvé de la tête :

– À Vichy, je suis persuadé qu'ils sont tous bien nourris !

J'ai compris, ce jour-là, que je n'étais pas le seul à refuser ce gouvernement qui collaborait de plus en plus avec l'occupant. D'ailleurs, le maire m'a confié, avant que je ne reparte :

– Si on se laissait faire, ils nous prendraient même nos terres.

Je lui ai répondu en lui serrant la main :

– Ils ne me prendront pas les miennes sans que je les défende.

– Vous ne serez pas le seul. À bientôt !

Ce « à bientôt » a longtemps résonné en moi. Et de fait nous nous sommes revus en novembre, quand il m'a apporté le formulaire de l'enquête agricole par déclaration individuelle visant à recenser dans chaque propriété la totalité des récoltes et du cheptel. D'après lui, cette enquête annonçait des réquisitions plus sévères encore à l'avenir. Celle du blé ne leur avait pas suffi. Il était désemparé, cet homme, car il savait très bien que le produit de ces réquisitions, comme le blé, partirait en Allemagne. Mais que pouvions-nous faire ? Je l'ai rempli, ce formulaire, en sous-estimant un peu le cheptel, mais sans mauvaise conscience et même sans redouter un contrôle de la Corporation paysanne qui était chargée de son application.

Mais ce dont je me souviens le mieux, de cette époque-là, c'est du premier jour d'entrée à l'école pour Paul. Nous l'y avons conduit, Sylvie et moi, en lui expliquant combien ce jour était important pour lui. Plus il deviendrait savant, et plus il deviendrait fort ! Il était fier, notre garçon brun aux yeux noirs, ce matin-là, dans sa blouse neuve et portant le cartable en cuir que nous venions de lui acheter ! Nous aussi, bien sûr, nous étions fiers et heureux ! Qui pouvait imaginer que ce savoir auquel je n'avais pas eu droit comme je l'aurais voulu deviendrait un jour la cause d'un départ de cette terre qui nous aimait tant, et que nous avons tant aimée ? Il en a fallu du temps, mais ni Sylvie ni moi ne pouvions nous douter de ce qui arriverait au fil des années. Et tant mieux, car nous en aurions été peut-être malheureux au lieu d'être fiers de voir partir Paul, les jours suivants, en compagnie des enfants de Loubatié, vers l'école, comme je l'avais fait, moi, en compagnie d'Éléonore et de Baptistin, des années auparavant...

Mais voilà que je me projette trop loin dans l'avenir, alors que l'année qui a suivi cette rentrée scolaire nous a apporté son lot d'épreuves, toutes prévisibles, finalement, puisque en novembre 1942 l'Allemagne a procédé à l'invasion de la zone sud, et que pour la première fois, j'ai découvert, à Tulle, des soldats allemands. Ce matin-là, à la foire de la Saint-Clair, je n'ai pas pu y résister. Je suis reparti, sans rien avoir vendu, pour ne plus voir ces uniformes, en pensant à mon père qui avait combattu les mêmes, et était mort pour rien.

Qui peut comprendre ça aujourd'hui, alors que nos deux peuples sont réunis dans une Europe enfin réconciliée ? Ce que je ne regrette pas, évidemment, bien au contraire, mais était-ce bien nécessaire que tant d'hommes aient perdu la vie dans des combats inutiles et désastreux ? Ne devrais-je pas me taire plutôt que de consigner sur des feuilles de papier des événements, des réflexions qui n'ont plus lieu d'être ? Enfin ! Que ne ferait-on pas pour satisfaire des enfants ou des petits-enfants ? Au moins ils sauront que la vie qu'ils mènent de nos jours ne ressemble en rien à celle que nous avons menée, et heureusement ! Il importe de dire à la jeunesse que le meilleur de la vie est toujours à venir, et je ne m'en priverai pas dans ces pages que je regrette parfois d'écrire, mais qui auront le mérite de faire connaître à mes descendants d'où ils viennent, et ce qu'ont vécu ceux qui les ont précédés ici-bas. Ces existences sont profondément plongées dans une terre qui, malgré sa rudesse, ne s'est jamais montrée ingrate. Elle nous a aimés comme nous l'avons aimée. Pas plus, pas moins, mais c'est déjà beaucoup.

19

REVENIR en mémoire dans cette maudite guerre ne m'est pas facile, car la suite a été pire encore que ce que nous pouvions redouter. En effet, en février 1943, après avoir créé la Milice française qui était chargée de surveiller la population au profit des Allemands, le gouvernement de Vichy a instauré le Service du travail obligatoire, obligeant les jeunes Français à aller travailler en Allemagne. À Loubatié, les deux jeunes hommes qui étaient concernés ont pris le chemin des bois pour s'y cacher, comme beaucoup, et ils ont renforcé les maquis de la Résistance qui commençait à voir le jour un peu partout, y compris dans les villes.

Quand le maire et son instituteur sont venus m'en parler, je n'ai pas hésité une seule seconde à leur apporter mon soutien, malgré les craintes manifestées par mon épouse. La mémoire de mon père était de plus en plus présente en moi, et j'avais l'impression qu'en luttant contre les Allemands je volais à son secours. Non ! Il ne serait pas mort pour rien, cet homme que je n'avais jamais connu et qui m'avait tant manqué lorsque j'étais enfant !

Au début, cela n'a pas été bien difficile : il s'agissait d'apporter des victuailles aux jeunes qui se cachaient dans les bois, où je retrouvais Antonio, l'Espagnol qui les avait rejoints dès le lendemain de l'invasion de la zone sud. Il n'avait pas voulu courir le risque d'être pris par les Allemands qui, selon lui, n'auraient pas hésité à le renvoyer en Espagne, chez celui qui avait vaincu les républicains. Il était persuadé qu'il y aurait laissé la vie. Je n'avais pas de voiture à cette époque-là – elles étaient rares sur le plateau –, mais je partais sur la charrette tirée par une jument achetée quelques années auparavant, une bête magnifique, pommelée de gris, que nous avions baptisée Rosalie et que nous avons gardée jusqu'à sa mort, bien après qu'elle eut cessé de pouvoir travailler.

Les victuailles – un peu de viande, mais surtout des pommes de terre et des châtaignes séchées – étaient dissimulées sous des fougères censées être pour les litières des vaches. Ce n'était pas bien dangereux, car après tout, ces victuailles pouvaient être destinées à des membres de notre famille, à Croisillac ou ailleurs. Cela l'est devenu davantage à partir du jour où le maire est venu me demander de recueillir et de cacher un aviateur anglais du SOE – le Special Operations Executive créé par Churchill, mais cela je ne l'ai su que bien plus tard –, lequel aviateur entretiendrait une liaison radio avec Londres. Sylvie m'a demandé de bien réfléchir, à ce moment-là. Nous avions deux enfants et nous les mettions en danger. Que leur arriverait-il si nous étions dénoncés et arrêtés ? J'ai beaucoup hésité et puis j'ai fini par accepter à condition que l'officier anglais ne reste pas plus d'un mois sous notre toit. Lors de cette entrevue avec le maire, il m'a expliqué que lui-même travaillait pour l'Armée secrète, mais qu'il existait d'autres mouvements de résistance, notamment les FTP communistes, avec qui les relations n'étaient pas bonnes. J'en ai été étonné, ébranlé même, ne comprenant pas pourquoi tous ceux qui luttaient contre les Allemands ne pouvaient pas s'entendre. Bien naïf que j'étais, alors, et incapable de deviner que c'était l'avenir de la France qui se jouait. Chacun pensait à la victoire future, à se saisir du pouvoir le moment venu, et sans se soucier de ceux avec lesquels il combattait pendant ces années terribles.

L'officier anglais, dont nous ne connaissions pas l'identité, s'est montré très discret et n'est resté que trois semaines. Je dois dire que ces trois semaines-là m'ont paru durer des mois, et que je n'ai cessé de trembler pour les miens. Il s'était installé au grenier, et c'est moi qui lui portais à manger. Il était d'une extrême politesse, me remerciait mais parlait peu : sans doute tenait-il à se confier le moins possible pour ne pas mettre son organisation en danger, au cas où nous serions arrêtés. Sylvie, comme moi, ne vivait plus, tremblait pour nous et pour nos enfants. Aussi l'avons-nous vu partir avec soulagement, je l'écris sans hésitation, et je ne tire pas la moindre gloire d'avoir caché un homme dont la seule présence mettait en péril ma famille.

Cependant, ces périls sont devenus bien plus importants lors de l'année qui a suivi, car le maire m'a chargé de porter des messages aux résistants de l'Armée secrète basés à Tulle, dès le début de l'année 1944. En effet, la pénurie qui régnait dans les villes nécessitait un approvisionnement de plus en plus soutenu de la part des paysans du plateau et justifiait des voyages fréquents vers la ville. Il faut dire que certains en ont profité alors pour s'enrichir avec ce que l'on a appelé le « marché noir », mais jamais, je le jure à mes enfants et à mes petits-enfants, je n'ai abusé de la situation, d'autant que je n'avais jamais beaucoup de provisions à vendre, si ce n'était des pommes de terre, des fruits, des légumes, et, parfois, un peu de viande de porc ou quelques volailles. Ces voyages rapidement devenus hebdomadaires ont surtout été pour moi l'occasion de remplir des missions dont je ne mesurais pas la gravité.

Je remettais les messages au patron d'un café-restaurant qui se trouvait près de la cathédrale, à côté du marché, et j'attendais pour cela l'heure de midi, au moment où beaucoup de paysans allaient manger un morceau avant de repartir chez eux. J'étais l'un d'eux, tout simplement, et rien ne laissait supposer ce qui se passait dans la cuisine ni deviner cette enveloppe qui glissait d'une main à l'autre, dans la bonne odeur de la soupe de pain et du ragoût de pommes de terre agrémenté de bas morceaux de porc.

Tout cela a duré jusqu'au mois de juin, au moment où nous avons appris la nouvelle du débarquement des Alliés en Normandie. C'est le maire qui est venu me l'annoncer, en m'expliquant ce que signifiait le message que j'avais entendu deux heures auparavant à la radio de Londres : « Les sanglots longs des violons de l'automne blessent mon cœur d'une langueur monotone... » De quel bonheur a été bercée cette nuit de juin durant laquelle je n'ai pas fermé l'œil ! Et pourtant j'avais encore du mal à croire à une telle nouvelle. J'en ai eu la confirmation le lendemain, et nous avons fêté ça avec Sylvie et ses parents, persuadés que leur fils Lucien allait enfin leur revenir. Car nous ne doutions pas que ce débarquement allait être victorieux, comme l'avait été en 1917, lors de la dernière guerre, l'entrée en guerre des Américains.

C'est donc totalement rassuré, confiant dans l'avenir, que je suis parti vers Tulle le 9 juin au matin, sans me douter que ma vie allait se jouer à quelques mètres près. Je partais sans la moindre appréhension, ignorant que pendant la journée du 8 juin, les FTP s'étaient rendus maîtres de la ville après avoir attaqué la garnison allemande dont les soldats avaient déposé les armes. Je ne pouvais pas savoir que la division « Das Reich », basée à Montauban, qui remontait vers la Normandie, avait surgi ce même 8 juin à neuf heures du soir et repris le contrôle de la ville après de sanglants combats. Une proclamation était affichée sur les murs de la ville décidant que, 40 soldats allemands ayant été assassinés par les maquis, 120 résistants ou leurs complices seraient pendus.

J'étais parti de bonne heure – à cinq heures du matin – afin d'approvisionner le patron du café-restaurant qui comptait sur moi pour trouver de quoi alimenter ses clients en cette période d'extrême pénurie. Il faisait beau, sur la route encore plongée dans la nuit, mais déjà le jour pointait vers l'est dans une frange un peu plus claire au-dessus des collines. Je pensais, comme à chaque voyage, à cette première fois où j'étais allé vers la ville en compagnie de ma mère et de Félicien. C'était en juin, également, j'étais un enfant, alors, mais ce court voyage avait été pour moi un enchantement que je n'avais pu oublier.

Tout entier plongé dans ce souvenir, comment aurais-je imaginé que les FTP avaient attaqué le 8 sans tenir compte des consignes de prudence de la BBC et de l'Armée secrète, qui n'ignoraient pas que la Das Reich remontait vers la Normandie pour soutenir les troupes allemandes à la suite du Débarquement ? Les FTP le savaient-ils aussi ? Oui, sans doute, mais ils étaient passés à l'action quand même, confiants dans leurs forces qui, effectivement, avaient été suffisantes pour réduire la garnison ennemie. Mais le détachement de la Das Reich, lui, était fort de cinq cents hommes transportés par cent half-tracks et camions, et il avait combattu en URSS avant d'être ramené vers le sol français – cela, je l'ai évidemment appris pendant les jours qui ont suivi.

Oui, tout cela, je l'ignorais, comme j'ignorais le danger que je courais en me rendant à Tulle le jour même des représailles décidées par les SS de Lammerding. Et le jour s'est levé au bas de la descente qui menait – et mène encore aujourd'hui – à la nationale 120 reliant Tulle à Argentat et Aurillac. Il me suffisait ensuite de tourner à droite pour arriver à la gare en une demi-heure et entrer dans la ville. C'est là qu'était établi un premier barrage allemand.

Je ressentais cependant une impression bizarre, une

sorte de lourdeur dans l'air malgré la fraîcheur du petit matin, comme si une chape de plomb pesait sur la ville. Je ne sais pas pourquoi, mais quelque chose m'a arrêté au moment de sortir du dernier virage avant la gare. Et tout de suite après, un homme a surgi, affolé, d'une maison située sur ma droite. Il était vieux, coiffé d'un béret, avait du mal à marcher. Il s'est pourtant précipité vers moi en claudiquant et en disant :

– Retournez vite ! Repartez ! C'est Émile qui m'envoie !

Émile était le patron du café-restaurant où j'avais rendez-vous.

– Les Allemands sont arrivés hier au soir. Ils vont prendre des otages !

J'ai fait manœuvrer la jument en toute hâte, je suis remonté sur la charrette et j'ai mis le cheval au galop sans me poser de questions. L'homme avait disparu aussi vite qu'il avait surgi de la maison. Je ne me suis senti rassuré qu'après avoir quitté la nationale et pris la petite route qui remontait vers le plateau.

La suite, je l'ai apprise le lendemain : quatre-vingt-dix-neuf otages pendus aux balcons de la ville, et parmi eux Baptistin, mon camarade d'école, qui travaillait à Tulle. Deux jours plus tard, la Das Reich sévissait à Oradour, dans un massacre qui n'a épargné ni les femmes ni les enfants. Moi, j'avais vingt-neuf ans, et j'aurais pu faire partie de ces otages si j'avais pénétré dans la ville. Quelqu'un avait veillé sur moi. Mais je savais désormais qu'on ne maîtrise pas le destin et qu'il suffit de peu de chose, parfois, pour faire basculer une vie dans le malheur. Il m'a fallu huit jours pour me décider à redescendre à Tulle et remercier Émile, qui m'avait sauvé la vie, ainsi que le vieil homme qui avait pris des risques pour venir me prévenir du danger. Il s'appelait André B., et c'était l'oncle du patron du café-restaurant.

Voilà comment j'ai vécu la guerre, cette maudite guerre qui a duré encore presque un an, avant que ne sonne la victoire des Alliés. Heureusement, cette année-là a été beaucoup moins périlleuse car les villes avaient été libérées et les combats s'étaient déplacés vers l'est, avant la capitulation de l'Allemagne en mai 1945. Ce jour-là, quand les cloches se sont mises à carillonner aux clochers des villages et des villes, nous sommes allés, Sylvie, nos deux enfants et moi, à Croisillac, sur la place, où quelques couples se sont mis à danser au son d'un accordéon. Nous, nous n'avons pas osé. Je gardais encore en moi le souvenir du moment où je m'étais arrêté à l'entrée du virage avant le barrage SS. Je n'en ai jamais parlé à mon épouse. Elle a toujours ignoré qu'elle avait failli perdre son mari un matin de juin qui portait la promesse des plus belles journées de la vie.

HIVER

20

LUCAS m'a téléphoné à la mi-décembre pour m'annoncer qu'il ne pourrait pas venir pour Noël, mais qu'il viendrait pour le 1er janvier. Je me suis alors aperçu que je m'étais mis à l'attendre, et que je comptais les jours qui me séparaient de son arrivée. C'est mon fils Louis et ma belle-fille qui sont venus passer le 25 décembre avec moi depuis Toulouse. Comme je l'ai déjà écrit, ils m'ont souvent proposé de venir m'installer près de chez eux, dans cette grande ville où ils se sont, eux, rapprochés de leurs enfants qui vivent et travaillent là-bas, mais j'ai toujours refusé ; je n'ai jamais voulu m'éloigner, malgré les risques de ma grande solitude, de Tulle où je vis, à proximité du plateau, et surtout je n'ai pas voulu leur imposer une présence qui risque de devenir rapidement trop lourde à supporter.

– Et si tu tombes malade ? me dit Louis chaque fois que nous nous voyons.

– Je ne suis pas seul. J'appellerai mes voisins : je les connais bien et je sais que je peux compter sur eux.

– Et si tu n'as pas le temps ?

Je lui réponds toujours en riant :

– À mon âge, on a le temps : on vit au ralenti. Rien ne presse plus. Et puis, ici, il y a un hôpital à moins de deux cents mètres.

– Tu n'es vraiment pas raisonnable. Qu'est-ce que ça t'apporte de vivre à quelques kilomètres de Loubatié ? Cela n'a jamais été chez toi. C'est la ville, ici, pas la campagne.

– Je sais qu'en trente minutes je peux y revenir. Edmond, mon voisin, qui est de Croisillac, me propose tous les dimanches de m'y emmener en allant voir sa sœur.

Ça ne le fait pas rire, Louis, et pas davantage Anne-Marie, son épouse, que j'aime beaucoup car nous avons cohabité longtemps avant qu'ils ne s'éloignent. Tous deux ont passé les soixante-dix ans, mais ils sont encore très alertes et se sont adaptés au monde moderne.

– Tu es sûr que tout va bien ? me demandent-ils à chacune de leurs visites.

– Tout va très bien. Même la tête. Et à mon âge, c'est ce qui compte, n'est-ce pas ?

Nous avons réveillonné sagement, mais tout de même d'huîtres, de foie gras, de saumon, et nous avons surtout parlé de leurs enfants et de leurs petits-enfants, tous éloignés les uns des autres, maintenant, à cause de leur travail, à l'exception de leur fils, Antoine, ingénieur chez Airbus, à Toulouse.

– Ils m'ont promis de venir te voir, m'a dit Louis.

– Ne t'inquiète pas. Je suis sûr qu'ils ont mieux à faire.

– Ils me demandent souvent de tes nouvelles.

– Dis-leur que je vais bien et que je pense à eux.

Nous avons un peu parlé des Noëls de l'ancien temps, de la messe de minuit à Croisillac, mais j'ai compris que ni lui ni Anne-Marie ne regrettaient cette vie qu'ils avaient longtemps menée près de moi, et je sais bien pourquoi : elle ne leur était pas destinée. Ils sont repartis le lendemain de Noël et Lucas, qui est leur petit-fils, est arrivé comme il me l'avait promis, le 27. Il y avait un peu de neige dans les rues de la ville, mais il devait y en avoir beaucoup plus sur le plateau. Cela n'a pas découragé Lucas, et nous sommes partis dans son gros 4×4 Toyota vers Loubatié en fin de matinée.

Effectivement, comme d'habitude, nous avons trouvé de plus en plus de neige au fur et à mesure que nous montions, et, une fois sur le plateau, la couche atteignait vingt centimètres – un peu moins sur la route. Lucas conduisait lentement, mais sans la moindre crainte apparente.

– J'ai oublié de vidanger les robinets en novembre, lui ai-je dit en m'en souvenant tout à coup.

– Il sera trop tard ?

– Peut-être pas. En général, rien ne gèle à l'intérieur avant trois jours et trois nuits à moins dix degrés.

– Il fallait me le dire.

– Je n'y ai pas pensé. Ce n'est pas un souci en ville, et j'ai oublié.

Il m'a répondu :

– Je le saurai à l'avenir.

Ce mot, « avenir », prononcé par Lucas, m'a réchauffé le cœur, alors que nous traversions les premiers bois couverts d'une épaisse pelisse blanche que rien n'avait souillée, comme si toute vie avait disparu de ces lieux. Mais comment mon arrière-petit-fils pouvait parler, ici, d'avenir ? Il n'avait quand même pas l'intention de s'installer définitivement à Loubatié ! J'ai préféré ne pas lui poser de questions à ce sujet, et je me suis contenté de contempler à droite et à gauche les arbres et les prés ensevelis sous cette blancheur presque familière qui m'a toujours donné l'impression d'accroître notre solitude en cette saison. Mais ce n'était pas une impression désagréable, au contraire : reclus avec les miens entre nos murs épais, je nous sentais en sécurité, comme protégés de tout ce qui se passait ailleurs, à l'écart des menaces et des folies du monde.

Quand nous avons quitté la départementale pour prendre le chemin de Loubatié, il était à peine visible, délimité seulement par les talus épais couverts de fougères déchues : on aurait dit que personne n'avait osé s'aventurer là. De fait, en arrivant, rien n'avait souillé la placette uniformément blanche, pas même des pattes d'oiseaux d'ordinaire si présents, ici, en toute saison. Ce qui m'a frappé le plus en descendant de voiture, c'est le silence : un silence sans odeur, extrêmement léger, comme si le plateau avait été pris par les glaces, d'autant plus que le vent du nord soufflait en rafales acérées.

– Rentrons vite ! ai-je dit à Lucas.

Les tuyaux d'eau n'avaient pas gelé et j'en ai été soulagé. Il fallait vite allumer un grand feu dans cette pièce glaciale, ce que je me suis empressé de faire, et nous nous sommes assis face à lui, les mains étendues devant les flammes pour nous réchauffer.

– Une drôle d'idée que tu as eue, de monter ici en cette saison, ai-je dit à Lucas.

– Je croyais te faire plaisir.

– Mais oui. Ne t'inquiète pas. C'est bon, ce grand feu, dans la maison. Comme chaque fois que nous allumons, elle se remet à respirer et son cœur bat de nouveau. J'ai l'impression que tout peut recommencer.

Il s'est tourné vers moi en souriant.

– Et pourquoi pas ?

– Ne dis donc pas de bêtises. C'est fini, et depuis longtemps.

– Il ne faut jurer de rien. Tu sais, tous ceux dont le métier est d'imaginer l'avenir se sont toujours trompés.

Il m'a semblé qu'il me cachait quelque chose, mais il n'est pas allé plus loin, et nous sommes restés longtemps immobiles face aux flammes couleur d'or, les écoutant crépiter, dans la bonne odeur du bois calciné qui était sans doute celle, je me le disais chaque fois que j'allumais un feu, qui savait le mieux me rendre heureux.

J'ai dit à Lucas :

– Tu vois, on ne peut rien faire en cette saison : tout est paralysé.

– On peut peut-être aller marcher, dès qu'on sera réchauffés. Vingt centimètres de neige, ce n'est pas si terrible.

– Si tu veux.

Nous sommes partis sur le chemin qui se frayait un passage entre les arbres de la forêt. Ils semblaient avoir été effacés par une main mystérieuse, qui les aurait secrètement fait disparaître. Nous marchions sur le sentier que je prenais en allant à l'école de Croisillac, quand j'étais enfant. En retrouvant ces sensations de sortilège blanc venu d'on ne sait où, je n'ai pu m'empêcher de le confier à Lucas.

– Quatre kilomètres à pied, même en hiver.

– Avec la neige ?

– Bien sûr ! Avec la neige.

Mais, ce jour-là, nous n'avons pu aller bien loin : les fougères et les arbustes avaient complètement fermé le sentier au bout de deux cents mètres, et c'est avec regret que j'ai dû faire demi-tour, alors que, fermant les yeux, je m'imaginais à six ans en compagnie de Baptistin et d'Éléonore marchant vers l'école. Une fois à la maison, nous nous sommes réchauffés de nouveau, tout en buvant le café d'une thermos que j'avais emportée par précaution, sachant ce qui nous attendait à Loubatié.

– Et si on allait au village ? a proposé Lucas.

– À Croisillac ?

– Oui. À Croisillac.

– Si tu veux.

J'ai éteint le feu, étouffé les braises, vidangé les tuyaux, coupé l'eau, et nous sommes partis vers le village où les rues, là aussi, étaient désertes, mais avec des traces de pas sur les trottoirs. Quelques lumières brillaient aux fenêtres, deux ou trois boutiques semblaient ouvertes mais il n'y avait personne à l'intérieur.

– On trouve encore quelques commerces ? a demandé Lucas.

– Oui. Une boucherie, une boulangerie, une épicerie, un café, mais la poste a fermé.

– Il y a un grand lac à proximité, m'a-t-on dit.

– Oui.

– On peut y aller ?

– Oui. Allons-y !

Quelques minutes plus tard, nous nous sommes garés sur un parking sommairement aménagé, dont les contours étaient à peine visibles. Le chemin d'accès s'en allait entre des bois touffus, où la neige, sur les branches, avait gelé, formant des enluminures semblables à des lustres d'église. Il n'y avait pas de traces de roues, pas même de pattes d'oiseaux ou de sauvagines. Quand nous sommes arrivés sur la rive, le lac avait gelé en surface et réverbérait une lumière douloureuse aux yeux.

– Il y a du monde, ici, en été ? m'a demandé Lucas.

– Des vacanciers.

– Beaucoup ?

– De plus en plus, à ce qu'on m'a dit.

Nous avons marché un moment en silence le long de la berge sans trop nous approcher de l'eau. Le même silence régnait sur ces rives désertes, que la vie semblait avoir quittées pour toujours. J'ai frissonné, toussé, et Lucas s'en est aperçu.

– Rentrons ! m'a-t-il dit. Tu vas prendre froid.

Nous sommes revenus vers la voiture et nous

sommes repartis vers la départementale où la neige avait un peu fondu. Nous avons roulé en silence jusqu'à ce que je demande à Lucas :

– Qu'est-ce que tu espérais trouver ici, en cette saison ?

– Rien de spécial. J'avais envie de voir à quoi ça pouvait ressembler sous la neige.

– Tu le sais maintenant.

– Oui.

– Et alors ?

– J'ai eu la sensation d'un monde neuf, jamais souillé.

– Un monde neuf ?

– Oui.

– Et non pas vieux, condamné ?

– Non.

Je n'ai pas insisté, mais la réponse de Lucas m'a fait du bien, quoique je la sache fausse. Après tout, pourquoi les jeunes n'auraient pas un avis différent du mien ? Étais-je bien au courant de ce qui se passait aujourd'hui, alors que je n'allumais que rarement mon poste de télévision ? Je me suis débattu avec cette idée pendant tout le trajet, mais sans parvenir à me convaincre : Lucas avait prononcé ces mots uniquement pour me faire plaisir.

Une fois en ville, avant de repartir, il m'a dit :

– Quand je reviendrai – à Pâques, sans doute –, j'emmènerai Sophie avec moi.

– Sophie ?

– Oui, mon amie.

– Je ne crois pas que ce soit une bonne idée.

– Pourquoi ?

– Elle a toujours vécu à Paris, non ?

– Elle dirige une agence de voyages, et elle bouge beaucoup. Tout l'intéresse… Ça ne te dérangera pas ?

– Mais non. Bien sûr que non.

Il est parti en me souhaitant une bonne année et j'ai retrouvé ma solitude, dans un appartement bien chauffé mais sans feu dans la cheminée, où j'ai eu du mal à reprendre l'écriture de mes cahiers. Comme chaque fois, j'ai eu l'impression d'un nouveau départ vers un monde lointain, perdu, et la conviction que tout cela était vain. Mais j'ai recommencé, pourtant, comme nous avions recommencé après la Libération, sans trop nous poser de questions, après les épreuves de la guerre où tant de gens avaient souffert.

21

LUCIEN est rentré de captivité en août 1945 seulement, amaigri, mais bien vivant. Il a retrouvé sa place aux côtés de son père, mais sans Antonio, qui avait suivi l'armée française jusqu'en Allemagne où il avait été tué, près de Cologne. Des ordonnances avaient nationalisé les charbonnages, le gaz, l'électricité et les grandes banques de dépôt. Les prix avaient quadruplé et les tickets de rationnement avaient fait leur réapparition. Le maréchal Pétain et Laval, son homme de basses œuvres, avaient été condamnés à mort, mais seul le second avait été exécuté, le Maréchal ayant été gracié par le général de Gaulle élu président du gouvernement provisoire de la République.

C'est au cours de l'été, je crois, que nous avons appris par les journaux l'existence des camps de concentration et découvert ces silhouettes squelettiques, le visage décharné, en pyjamas rayés, qui avaient survécu à l'holocauste des nazis. Comment imaginer qu'une chose pareille ait pu être possible ? Je me souviens que nous avons pleuré, Sylvie et moi, le soir, avec le journal ouvert devant nous. Encore aujourd'hui, si longtemps plus tard, j'ai du mal à le croire, et pourtant ces massacres de masse décidés par Hitler avaient bien exterminé des millions de pauvres gens : juifs, Gitans, résistants ou prisonniers politiques. J'ai dû brûler ces journaux pour oublier ces images insupportables, mais je l'ai fait dehors, loin de la maison, pour ne pas y penser chaque fois que mon regard se dirigerait vers la cheminée.

Chez nous, les parents de Sylvie avaient fait le partage, Lucien prenant la succession de son père, tandis qu'elle héritait d'une terre et d'un bois. Paul avait déjà neuf ans et Louis sept. Ils allaient maintenant à l'école ensemble, y réussissaient bien, mais ils étaient loin de pouvoir nous aider. Nous avions du mal à faire face à tout le travail qui se présentait, et nous n'avions même plus le temps de nous rendre au marché de la ville. La mécanisation n'était pas encore arrivée dans les campagnes et nous n'avions toujours pas de tracteur, ni de moissonneuse-batteuse, ni de clôture électrique pour garder les bêtes dans les pâtures. Nous avons pu quand même acheter une voiture d'occasion : une Juvaquatre noire qui nous a fait gagner du temps pour aller d'un point à un autre, et surtout retourner enfin aux marchés de Tulle pour y vendre des légumes et des volailles.

J'ai donc appris à conduire, Sylvie également, et elle a été sans doute l'une des premières femmes du plateau à savoir se servir d'une automobile. Elle n'était pas neuve, cette Juvaquatre, et elle tombait souvent en panne ; mais le père de Sylvie s'y entendait en mécanique, en tout cas beaucoup plus que moi, et il la réparait régulièrement. Nous n'avions toujours pas l'eau courante mais utilisions celle de notre puits et celle de la mare pour les bêtes ; pas de frigidaire – la cave suffisait à garder au frais les fruits et les denrées périssables et nous conservions la viande de porc dans la graisse. Pas de téléphone non plus, ni de machine à laver, ni de poste de télévision, dont nous n'avions même pas idée, à ce moment-là de notre vie, qu'elle existerait un jour.

Ces années ont été bien difficiles ! Levés avec le jour et couchés après la tombée de la nuit, nous avons été obligés de prendre comme ouvrier agricole un prisonnier allemand que le maire nous avait proposé. Je m'en suis voulu, à ce moment-là, malgré la charge épuisante de travail, de devoir accepter cette aide. Pour moi, la guerre étant terminée, un prisonnier allemand devait regagner sa famille : il n'avait pas à travailler dans une ferme française, dans un pays étranger, sous la contrainte. Mais Kurt, lui, m'avait expliqué le maire, n'avait pas de famillc là-bas, et il était orphelin. C'était un colosse blond aux yeux bleus, toujours souriant, qui était capable d'abattre le travail de deux domestiques. Comment serions-nous venus à bout de tout notre labeur sans lui ? Je me le demande. Il prenait bien sûr ses repas avec nous mais il tenait à dormir dans la grange, comme il l'avait toujours fait, prétendait-il, dans sa Thuringe natale.

Avec lui, pendant l'hiver, j'ai pu couper du bois pour le vendre à la scierie qui venait de s'installer à dix kilomètres de chez nous. Le problème était qu'il fallait acheminer le bois jusqu'à la route où le transporteur viendrait le charger. Nous avons donc commencé à couper au plus près de celle-ci, avec un passe-partout – les tronçonneuses étaient loin d'avoir fait leur apparition – et nous avons tiré les billes de bois avec une chaîne reliée au bât de la jument. Ainsi, la vente du bois s'est ajoutée à celle des légumes et de quelques volailles, représentant nos seules ressources d'argent. Mais, comme à notre habitude, nous ne dépensions presque rien, sauf pour acheter des vêtements, puisque nous avions tout ce qu'il nous fallait pour manger – et, il faut bien le dire, pour bien manger.

En somme, malgré les changements du monde extérieur, nous vivions comme avant la guerre, encore en économie fermée, à cause de notre isolement qui, lui, ne changeait pas. Nous étions cependant toujours reliés à lui grâce à notre poste de TSF, mais aussi grâce aux liens que j'avais décidé de nouer avec le milieu syndical. Tout avait changé dans ce domaine. Le Parti communiste, devenu tout-puissant à la Libération, avait créé la Confédération générale de l'agriculture (CGA), qui était le pendant de la CGT installée dans le domaine de l'industrie. La Corporation paysanne, qui avait collaboré avec l'ennemi, avait été épurée, et la plupart de ses dirigeants arrêtés et emprisonnés. La CGA du Parti communiste, elle, était entre les mains du ministre Tanguy Prigent, qui envisageait de collectiviser l'agriculture. Une fois de plus, j'ai redouté que des terres si difficilement gagnées par ma mère ne m'échappent et j'ai rejoint la FNSEA récemment créée par un nommé Eugène Forget, un démocrate-chrétien qui réussirait à s'opposer à la CGA en unifiant la coopération, la mutualité et le crédit. Vidée de sa substance, la CGA devait disparaître en 1949, avec le rétablissement des chambres d'agriculture.

Rassuré et fortifié de ce côté-là, je me suis remis au travail avec la conviction que rien d'essentiel n'était en péril, ce qui a été le cas pendant de nombreuses années, jusqu'à ce que les grands bouleversements du Marché commun et de la mécanisation transforment les campagnes en les vidant de leurs forces et de leurs enfants.

22

LES ANNÉES qui se sont succédé ont été rudes, comme les précédentes, mais heureuses. Nos enfants grandissaient et nous aidaient de plus en plus. Autant Paul se montrait attiré par les travaux des champs, autant Louis nous apparaissait plus rêveur, non pas moins vaillant mais moins concerné par les tâches que nous lui confiions. Ainsi s'est décidé peu à peu l'avenir de tout ce que nous avions construit : Paul resterait à la ferme pour nous succéder un jour, et Louis poursuivrait des études pour lesquelles il manifestait d'évidentes aptitudes. Nous avons tenu cependant à ce que Paul fréquente l'école jusqu'à quatorze ans, après le certificat d'études, et il nous a rejoints, donc, en 1950, époque à laquelle Kurt est reparti en Allemagne à la suite des accords conclus entre la France et son ancienne ennemie.

Il ressemblait beaucoup à sa mère, Paul, qui était brun aux yeux noirs, petit et trapu, au contraire de

Louis, plus grand, plus fragile aussi, avec ses cheveux blonds et ses yeux clairs hérités de moi, son père, qui les tenais de mon propre père – m'avait confié ma mère, bien que je n'aie jamais pu le vérifier sur la moindre photographie. Sylvie et moi, nous avons vraiment été heureux au cours de ces années-là – dans cette vie que nous avions choisie et qui nous paraissait droite, loin du moindre danger venu d'ailleurs. Rien ne bougeait, notre existence nous apportait tout ce que nous en espérions, et les jours, les mois, les années passaient sans crainte véritable de l'avenir.

Loin du plateau, même si on entendait parler de la guerre froide entre les États-Unis et l'URSS, aucun bruit de bottes ne se faisait entendre. Au printemps 1954, la France se retirait de l'Indochine après la défaite de Diên Biên Phu. En novembre de cette année-là, c'est à peine si nous avons accordé de l'importance à ce que l'on a appelé la « Toussaint rouge », en Algérie, qui marquait pourtant le début d'une autre guerre qui allait nous concerner un jour. Mais nous ne le savions pas, et heureusement, sans quoi notre vie en aurait été assombrie.

Pendant les quatre années qui avaient suivi sa sortie de l'école, Paul avait pris de plus en plus d'importance dans notre vie. Il travaillait maintenant comme un homme et avait pris des responsabilités dans la JAC (Jeunesse agricole catholique), du fait que la religion catholique était toujours très présente et très active dans nos campagnes. Lors d'une réunion à Meymac, il avait rencontré une jeune fille qui lui plaisait beaucoup, mais à cette époque-là, on ne se mariait guère avant le service militaire. Or il devait partir « au régiment », comme on disait alors, l'année d'après. Il patientait donc, tout en la « fréquentant », c'est-à-dire en la retrouvant tous les dimanches, quand le travail lui en laissait le temps.

Louis était entré en seconde, après avoir été reçu au concours qu'il fallait réussir alors, au lycée Edmond-Perrier à Tulle, et je me réjouissais de savoir qu'il allait pouvoir un jour passer le baccalauréat, poursuivre même, peut-être, des études universitaires, auxquelles, moi, je n'avais pu avoir accès. Tout allait bien, en somme, si ce n'était le fait que Paul allait partir au service militaire et que nous allions nous retrouver seuls, Sylvie et moi, une fois de plus, sur la propriété, sans notre fils et sans Kurt reparti chez lui. Comment allions-nous faire ? Louer les terres dont nous ne pourrions nous occuper ? J'aurais eu trop honte de ce que j'aurais considéré comme une défaite. Acheter du matériel – et surtout un tracteur – qui remplacerait un homme et nous faciliterait la tâche ? Nous nous sommes posé la question, mais nous avions beaucoup emprunté et les tracteurs n'avaient pas encore envahi les campagnes, à cette époque-là, ni remplacé les chevaux.

Depuis 1950, le service militaire durait dix-huit mois, et nous allions devoir nous passer des bras et de l'énergie de Paul pendant tout ce temps. J'avais quarante ans, en 1955, et je me sentais dans la force de l'âge, comme on dit, Sylvie également, qui était plus jeune que moi d'une année, mais je me suis demandé si je n'avais pas vu trop grand – et pourtant nos terres cultivables ne représentaient pas plus de douze hectares. Je me suis tourné vers la FNSEA, à ce moment-là, mais j'ai compris très vite que seules les grandes propriétés intéressaient vraiment nos représentants. Nous étions trop petits, trop seuls, trop isolés sur notre plateau pour que nos élus syndicaux viennent se pencher sur notre sort. Je me suis alors interrogé sérieusement sur notre avenir. Les petites propriétés n'étaient-elles pas déjà condamnées ?

Sylvie et son frère Lucien m'ont convaincu du fait que ce n'était qu'un mauvais moment à passer – dix-huit mois, tout de même – et que la solidarité des gens de Loubatié se manifesterait une fois de plus pour nous aider à franchir l'obstacle. Ainsi, dès que Paul est parti pour Limoges, à l'automne 1955, j'ai arrêté de couper du bois pour le vendre, et je me suis consacré aux travaux les plus immédiats, tout en laissant deux champs en jachère et en vendant quelques bêtes pour réduire un peu les apports nécessaires en céréales et en foin.

Je m'en souviens, de ce départ, puisque c'est moi qui ai conduit mon fils à Tulle avec la Juvaquatre. Il faisait beau, ce jour-là, et les arbres, au bord de la route, se couvraient de cuivre, de rouille et d'or. Nous n'étions pas inquiets, ni Paul ni moi, sur ce que l'on qualifiait de « troubles » en Algérie. Il s'inquiétait davantage pour nous qui allions devoir le remplacer, car il savait quelle part importante il prenait dans l'accomplissement du travail quotidien.

Peu avant d'arriver à la gare, je me suis souvenu du barrage allemand que j'avais évité de justesse, en 1944, mais je ne lui en ai pas fait la confidence. Il m'a semblé qu'évoquer la guerre porterait une ombre supplémentaire sur ce départ, et je m'y suis refusé. D'ailleurs je n'ai jamais parlé à personne de ce matin-là, et il m'en coûte aujourd'hui de le faire dans ces pages. À quoi bon ? Il n'est pas nécessaire de dire aux enfants que la vie ne tient parfois qu'à un fil. Ils l'apprendront bien assez tôt. Et mon fils, ce jour-là, n'avait pas besoin de partir avec, en lui, la menace de la folie des hommes.

Nous nous sommes embrassés rapidement dans le hall de la gare et non pas sur le quai.

– Ça passera vite, m'a-t-il dit. Je reviendrai plus fort encore.

Il paraissait si confiant, si sûr de lui que je l'ai cru.

Ni lui ni moi ne savions alors que le service militaire allait être porté à deux ans l'année d'après et que les six derniers mois, il allait devoir les passer en Algérie. Je suis reparti avec un poids sur mes épaules, qui ne tenait pas seulement à la pensée des travaux supplémentaires qui m'attendaient, mais à une sorte de prémonition qui ne s'est dissipée qu'une fois sur le plateau, loin de la ville où rôdait toujours pour moi une menace.

Et nous nous sommes plongés dans le travail, Sylvie et moi, puisque c'était le temps de la récolte des châtaignes, des pommes de terre et des labours d'automne. L'hiver n'a pas été trop précoce, au contraire, et cela a fini par m'inquiéter. La mollesse de l'air dans le vent d'ouest n'annonce jamais rien de bon, et probablement des gelées de printemps. Pour la première fois depuis longtemps, Noël a été sans neige et nous avons pu nous rendre à la messe de minuit à Croisillac sans difficulté, à l'inverse des années précédentes. Et ce temps sans vigueur, trop mou, chargé d'humidité, a duré jusqu'à la fin du mois de janvier.

Durant la nuit du 1er février, je n'ai pas fermé l'œil en écoutant tomber les petites gouttes de pluie sur le toit. Je ne me suis endormi que vers quatre heures et quand je me suis réveillé, c'est le silence qui m'a alerté : un silence inhabituel, sans la moindre caresse de vent, ni le moindre pépiement d'oiseau, ni le moindre aboiement de chien. Sans réveiller Sylvie qui dormait encore, je suis passé, frigorifié, dans la salle à manger où j'ai allumé du feu dans la cheminée, avant de m'approcher de la fenêtre et de l'ouvrir : le violent éclat du gel m'a fait fermer les yeux tandis qu'un souffle glacé m'a paru creuser mes joues. Comment cela était-il possible ? Une pluie fine pendant la nuit et le gel au matin ? Le vent du nord avait tout simplement balayé les nuages et apporté avec lui ce froid polaire qui faisait étinceler les toits du hameau, les prés et les bois alentour. On aurait dit qu'une banquise venue du pôle Nord s'était refermée sur le haut pays en quelques heures. J'ai ouvert la porte et j'ai consulté le thermomètre qui se trouvait à l'abri de l'avant-toit : moins treize ! Je n'en revenais pas. Sylvie, qui venait de se lever, avait comme moi du mal à le croire.

– Si ça dure comme ça, m'a-t-elle dit, les châtaigniers, pourtant habitués au froid, vont souffrir.

Nous avons déjeuné en silence et en ayant du mal à nous réchauffer. Je lui ai rappelé les grands froids de 1917, dont m'avait parlé ma mère, et ceux de l'hiver 1939-1940, mais je ne me souvenais pas avoir entendu mentionner une température pareille.

Pourtant nous n'étions qu'au début de ce mois de février catastrophique : le froid s'est encore aggravé jusqu'au 9, et la neige s'est mise à tomber. Le vent a hurlé toute la nuit, faisant virevolter les flocons épais qui ont accumulé avant le jour une couche de trente centimètres. Nous avons espéré que la neige adoucirait le froid, mais non : le lendemain il a fait moins vingt, et la température est descendue jusqu'à moins vingt-cinq degrés la veille du mercredi des Cendres.

La nuit, dans le grand silence, on entendait les arbres craquer, certains explosaient, et le matin je trouvais des oiseaux morts entre la grange et la maison. J'ai tenté d'aller dans les bois, du moins à la lisière, mais la neige était trop épaisse, et gelée, maintenant, et je me suis résigné à attendre le dégel, qui ne s'est manifesté qu'une semaine plus tard, quand le temps a cassé et la pluie remplacé la neige. Je me souviens très bien de cette semaine-là, car nous avons été bloqués à l'intérieur, Sylvie et moi, et nous ne sortions que pour aller dans l'étable où les bêtes, heureusement, ne manquaient pas de foin. Il fallait seulement casser la glace pour qu'elles puissent boire. Je n'en garde pas un mauvais souvenir, car nous étions rarement réunis ainsi, si proches l'un de l'autre, et je ne songeais pas encore aux dégâts provoqués par cette température glaciale.

Quand nous avons pu sortir, vers le 20 février, nous avons constaté que les arbres avaient beaucoup souffert, mais les châtaigniers sont des arbres rudes, habitués aux basses températures, et ils étaient nombreux dans les bois : nous n'avions pas de craintes à avoir pour l'automne prochain. Non ! Il fallait seulement relever les clôtures, ébrancher les arbres tombés, les évacuer pour libérer les chemins, remplacer les tuiles éclatées sur les toits de la grange et de la maison, achever de casser la glace dans les points d'eau qui ne voyaient jamais le soleil.

Mais quel hiver ! Tout le plateau s'était endormi, paralysé pendant un mois, avant de reprendre vie, comme d'habitude, d'abord doucement, puis de plus en plus à mesure que la température montait, faisant renaître les feuilles sur les arbres fragilisés. Et c'est dans ce renouveau accompagné du chant des oiseaux soucieux de construire leur nid que nous avons appris, le 12 avril, que le service militaire était porté à deux ans à cause des événements en Algérie. Ainsi, Paul ne reviendrait pas avant le mois d'octobre 1957, et nous allions devoir redoubler d'efforts pour compenser cette absence qui devenait de plus en plus inquiétante.

Heureusement, un événement heureux nous a réconfortés en juin, quand Louis a été reçu au baccalauréat, et nous avons fêté ce succès avec tous les habitants de Loubatié, lors d'un repas dont je garde le souvenir précieux. Peu de jeunes hommes, dans les campagnes, à cette époque, parvenaient à ce niveau d'études. Quelle revanche, pour moi, et quel bonheur ! Nous étions fiers, Sylvie et moi, de voir l'un de nos fils réussir de la sorte dans des études que nous n'avions pu suivre ni elle ni moi. Louis voulait devenir chercheur, et pour cela il fallait d'abord s'inscrire en faculté à Clermont-Ferrand, pour passer une licence. Il a obtenu non seulement des bourses mais également un sursis pour ne pas partir au service militaire, ce qui nous a rassurés : le temps qu'il achève ses études, la guerre en Algérie serait peut-être terminée. C'est dans cet espoir que s'est achevée cette année 1956 qui est restée dans ma mémoire comme celle des grands froids d'un interminable hiver.

23

PAUL est parti en Algérie en avril 1957, et je me souviens très bien qu'il est venu nous dire au revoir avant ce départ que nous redoutions tant. Je l'ai accompagné à la gare avec le même mauvais pressentiment que la première fois. Mais lui ne se montrait pas inquiet.

– Dans six mois je serai là, m'a-t-il dit avec un beau sourire, et vous pourrez compter sur moi.

Je l'ai regardé s'éloigner dans la cour de la gare, et il m'a fait un petit geste de la main avant d'entrer dans le hall. Je ne sais pas pourquoi mais j'ai eu à ce moment-là l'impression que je le voyais pour la dernière fois, et je m'en suis voulu de cette étrange sensation, au point que je suis passé sur le quai par la barrière de la gare de marchandises pour le regarder monter dans le train, sans qu'il soupçonne ma présence. Et je suis reparti dès le départ de la micheline, avec toujours ce même poids sur la poitrine, comme chaque fois en ces lieux pour moi devenus menaçants depuis 1944.

Louis nous avait proposé de suspendre ses études pour nous aider, le temps que son frère revienne. Nous avions refusé, Sylvie et moi, car nous nous en serions voulu de le retenir auprès de nous alors qu'il réussissait si bien dans ses projets. Il nous suffisait d'être patients et de travailler comme nous l'avions toujours fait. Après chaque journée, nous allumions la radio pour apprendre les nouvelles des événements, là-bas, en Algérie, où se trouvait notre fils. Nous entendions parler de villes inconnues, d'attentats, d'opérations de maintien de l'ordre, des willayas – nous nous demandions ce que cachait ce terme inquiétant – et nous redoutions d'entendre le nom de Saïda, où Paul était en garnison. Il en était rarement question et nous en étions alors rassurés au moment d'aller dormir, oubliant le travail, la guerre lointaine, la fatigue, les soucis quotidiens.

Début juin, nous avons commencé à couper le foin, toujours avec la faucheuse mécanique tirée par notre jument. Le 10 au soir, comme nous rentrions d'un pré en lisière de la forêt, Sylvie et moi, nous avons aperçu une voiture bleue garée devant notre porte. Ce n'est pas moi qui l'ai vue le premier mais Sylvie. Quand je me suis retourné vers elle, elle était toute pâle malgré la chaleur et elle respirait difficilement. Le matin même, elle avait eu comme un malaise vers dix heures, tandis qu'elle écartait les premières rangées de foin que je venais de couper.

– C'est rien, m'avait-elle dit, alors que je m'approchais. Il fait tellement chaud, déjà !

Elle avait bu de l'eau et nous étions repartis dans notre fenaison jusqu'à midi, heure à laquelle nous avions regagné Loubatié pour laisser passer la plus grosse chaleur. Nous nous étions couchés pour la sieste, et elle ne s'était pas sentie bien du tout, mais avait tenu à repartir avec moi pour finir de couper l'herbe dont nous avions tellement besoin en hiver. Sans doute avait-elle deviné, avec son instinct de mère, ce que nous a appris le brigadier-chef dès notre arrivée devant notre porte : Paul était mort au cours d'un accrochage dans le djebel, au-dessus de Saïda...

Il m'en coûte d'écrire ces lignes aujourd'hui, malgré les nombreuses années qui me séparent de ce moment-là. Perdre un enfant est la pire des douleurs qu'un homme et une femme puissent éprouver sur cette terre. Nous l'avons connue, Sylvie et moi, et jamais nous ne nous en sommes guéris. Après mon père, mort en 1915, la guerre me prenait un fils. Jamais je n'ai autant détesté ces gouvernants qui envoyaient des hommes se faire tuer en jetant leurs familles dans le malheur le plus noir ! Et je me suis juré, quoi qu'il arrive à l'avenir, que mon fils serait le dernier à payer un tel tribut insensé. Mais je préfère ne pas m'appesantir sur cet événement qui a tant pesé sur notre vie et sur celle de notre fils Louis…

Des jours qui ont suivi je ne me souviens guère, comme si j'avais été trop absorbé par le travail pour oublier la douleur. Un long tunnel, tout simplement, éclairé seulement par la présence de Louis pendant les vacances, ce fils qui nous voyait si accablés, si fatigués, qu'il nous aidait de toutes ses forces. Mais je ne m'attendais pas du tout à ce qu'il nous a proposé, fin septembre, avant de repartir à Clermont-Ferrand. Ce soir-là, nous achevions de dîner, quand il s'est adressé à nous d'une voix calme mais déterminée :

– Je vais rester avec vous et je prendrai votre suite un jour.

D'abord je n'ai pas réagi, pas plus que Sylvie, puis j'ai pensé à ses succès dans les études, à sa passion pour les sciences, et je lui ai répondu :

– Tu n'y penses pas ? Arrêter tes études, après tant d'efforts ?

– Ça ne m'intéresse plus. Je n'aime pas la ville. Je ne suis bien qu'ici.

Je savais qu'il mentait, Sylvie également, mais je n'ai pas su trouver les mots qu'il aurait fallu prononcer pour le dissuader, si ce n'est cette réflexion, dérisoire en comparaison de son sacrifice :

– Tu devras partir au service militaire, si tu n'as plus de sursis.

– Non ! J'ai été réformé.

– Comment ça, réformé ?

– Je ne vous l'ai pas dit parce que nous avons triché, un ami et moi : albumine dans les urines. Nous savions comment faire : nos études nous l'ont appris. Et puis l'un de ses cousins est médecin militaire.

Quelque chose en moi s'est libéré à ce moment-là. Je m'en suis voulu et en même temps je me suis senti soulagé. C'est Sylvie qui a su rappeler à Louis à quel point il avait tenu à faire des études, et qui a insisté comme j'aurais dû le faire.

– Je me suis trompé, a répondu Louis. Je suis incapable de vivre en ville et de travailler entre quatre murs. Avant je ne le savais pas. Aujourd'hui je le sais.

– Je suis sûre que ce n'est pas vrai, a protesté Sylvie.

– Si ! C'est vrai ! Tout le monde peut se tromper.

Comme je l'ai aimé, mon fils, ce jour-là ! Non seulement il accourait à notre secours mais en plus il nous montrait qu'il était assez fort, lui, pour ne pas porter les armes dans un combat lointain, qui ne nous concernait pas. J'ai compris aussi ce soir-là qu'il avait été beaucoup plus ébranlé que je ne l'imaginais par la disparition de son frère, mais qu'il avait su nous le cacher pour ne pas nous accabler davantage.

Pendant les jours qui ont suivi, nous avons encore essayé de le convaincre, à tour de rôle, Sylvie et moi, de repartir à Clermont-Ferrand, mais sans conviction et il le devinait, sans doute. Ainsi s'est décidée sa vie en quelques heures, une vie dont il a toujours tenté de nous faire croire qu'il l'avait choisie. Mais dès lors j'ai pu reprendre le travail avec plus d'énergie, car nous n'étions plus seuls, et je me disais que rien de ce que nous entreprenions n'était inutile : cela profiterait à Louis et à la famille qu'il aurait un jour.

De fait, dès l'année suivante il nous a amené un soir une jeune fille qu'il avait connue à Clermont-Ferrand et qui, comme lui, avait dû arrêter ses études pour des raisons familiales, ayant perdu son père dans un accident. Elle avait quatre frères et sœurs et se prénommait Anne-Marie. Nous l'avons accueillie du mieux possible, d'autant qu'elle était d'une gentillesse que nous n'aurions pas espérée. Et heureusement, car la cohabitation, malgré la bonne volonté manifestée par tout le monde dans la maison, n'a jamais été facile. Combien de familles se sont déchirées à cause des différences dans la manière de vivre, inévitables entre deux générations ! Et quelle épreuve c'était pour les jeunes femmes qui entraient dans un foyer étranger où elles n'avaient aucun droit, aucune liberté, aucune intimité avec leur époux ! Combien ont vécu malheureuses, incapables d'envisager un divorce ou une séparation qui n'étaient pas habituels à cette époque-là !

Sylvie le savait, pour être entrée dans une maison où ma mère était encore vivante, et si elle n'en avait pas trop souffert, c'était parce qu'elle avait trouvé du respect, ce qui, hélas, n'était pas toujours le cas ailleurs. Louis nous a seulement demandé de pouvoir aménager une chambre dans le prolongement de la maison, au sein d'une petite remise que nous allions devoir transférer dans la grange. Nous avons évidemment accepté. Que n'aurions-nous pas fait pour remercier un fils qui avait décidé de nous rejoindre au moment où nous en avions le plus besoin ! Et nous ne l'avons jamais regretté, bien au contraire.

Le mariage a eu lieu au mois de septembre 1958, à l'église et à la mairie de Croisillac, et un repas a réuni tous nos invités – une vingtaine – sur des tables aménagées devant la grange, comme il en avait été de même pour Sylvie et pour moi. Pas de musique, pas de danses. La disparition de Paul était trop présente encore en nous, et la coutume de l'époque, instaurée par la religion, voulait que l'on porte le deuil au moins une année.

Anne-Marie était une jeune femme brune, plutôt forte, les yeux couleur de châtaigne, très différente, donc, au physique, de Louis, qui était blond, fin, avec des yeux très clairs. Elle ne m'a pas semblé devoir consentir des efforts pour s'accoutumer à nous, sans doute parce qu'elle avait toujours vécu dans une famille nombreuse, où, par ailleurs, étant la fille aînée, elle avait aidé sa mère dans les tâches ménagères, au moins jusqu'à dix-huit ans, avant de partir à Clermont-Ferrand.

Ainsi a commencé une nouvelle existence qui nous a contraints à nous adapter les uns aux autres, et je me suis efforcé de laisser à Louis le plus d'initiatives possible, afin qu'il ne regrette jamais la décision qu'il avait prise en renonçant à la vie dont il rêvait depuis toujours.

24

C'EST À PARTIR de l'année 1960 que tout s'est mis à changer dans les campagnes, y compris chez nous. Et à changer très vite, sans nous laisser le temps de trop réfléchir pour savoir ce que nous devions faire ou non. Mais notre principal souci a été de donner à notre fils toutes les facilités pour vivre mieux que nous avions vécu. Et pour cela ne pas hésiter à se porter caution auprès du Crédit agricole afin qu'il puisse acheter le matériel nécessaire au travail, à commencer par un tracteur qui, de fait, nous a permis de venir à bout plus vite et avec moins de fatigue de toutes les tâches qui nous attendaient chaque matin.

Je me souviens très bien de l'arrivée de ce tracteur de couleur rouge, un Massey Harris américain que nous avons payé, en aidant Louis, quatorze mille huit cents nouveaux francs, le 1er juin 1960. Tous nos voisins étaient réunis sur la place pour le voir arriver, rutilant, magnifique, une superbe machine qui allait nous délivrer de la traction animale et de ses lenteurs. Je ne savais pas, ce jour-là, en versant à boire à tous ceux qui se trouvaient là, qu'il était le premier maillon d'une chaîne dont l'engrenage s'était mis à tourner, une fièvre qui allait s'emparer des campagnes vers de plus en plus de matériel, de confort, dans un tourbillon, une marche en avant qui allait bouleverser nos vies.

Ainsi, dès l'année suivante, en 1961, une moissonneuse-batteuse a fait son apparition, conduite par un entrepreneur de Lapleau qui a accompli en à peine une demi-journée le travail qui nous prenait deux jours auparavant. Cette machine a annoncé la fin des battages et des moissons en commun. Le grain se déversait dans des sacs en toile de jute fermés d'une ficelle de liage et déposés sur le sol, tandis que la paille pressée était rejetée à l'arrière en petites bottes. Envolés les grandes meules et les gerbiers dressés autour de l'aire, sur la place de Loubatié ! Terminés les repas de battages et les festivités qui duraient jusqu'à la nuit sous les étoiles ! L'entrepreneur repartait, au terme de deux ou trois heures, vers d'autres fermes où il était attendu.

En quatre ou cinq ans, tout le monde a accepté son aide, et le changement de vie s'est accéléré, non sans m'inquiéter un peu, car je devinais que la mécanisation allait provoquer un agrandissement des parcelles, du fait de la facilité à les travailler, et donc une course vers toujours plus de matériel. Louis était évidemment favorable à cette mutation qui débutait, et je ne me sentais pas le courage de le mettre en garde contre ses dangers. Les primes à l'installation, les crédits faciles autorisaient toutes les audaces, et mon fils, de toute façon, croyait au progrès technique et à ses facilités.

Cette période a coïncidé aussi avec l'instauration du Marché commun et la mise en place de la politique agricole commune par Bruxelles. Nous ne savions pas alors – comment l'aurions-nous deviné ? – que c'était le plan Marshall d'après la guerre qui finançait la mécanisation, et que nous étions entrés dans le productivisme, qui serait accompagné d'un exode encouragé par les plus hautes autorités. Nous suivions le mouvement parce que nous ne pouvions pas faire autrement.

Cependant, l'endettement devenu nécessaire a fini par nous préoccuper, Louis et moi. Nous vivions toujours essentiellement de nos récoltes : blé, pommes de terre, châtaignes, et de la viande des deux porcs et de la volaille que nous élevions, mais il fallait désormais trouver plus d'argent, ne serait-ce que pour rembourser les emprunts de Louis. Nous devions donc augmenter le troupeau afin de vendre plus de bêtes, ce qui nous contraignait à trouver plus de pâtures pour les élever. Étant endettés, nous ne pouvions plus acheter, mais nous avons trouvé facilement à louer des parcelles, car déjà, ceux qui ne pouvaient plus suivre partaient à la ville. Et ce n'était que le début, je le devinais mais n'imaginais pas à quel point tout irait vite.

Le représentant de la chambre d'agriculture, porte-parole de la politique décidée en haut lieu, nous poussait à investir davantage encore, à utiliser des engrais pour favoriser la pousse des herbages, et à piquer les veaux pour qu'ils forcissent plus vite. Louis s'y montrait favorable, du fait, sans doute, de ses études qui l'y prédisposaient. Cela a été, je crois, le premier différend qui nous a opposés, mais j'ai fini par céder, car Louis représentait maintenant l'avenir de la propriété, et je me répétais que je devais lui être reconnaissant d'être revenu près de nous.

Il nous a d'ailleurs donné la grande joie d'accueillir un petit-fils en 1961, prénommé Antoine. Cette naissance nous a rassemblés de nouveau Louis, Sylvie, Anne-Marie et moi. Nous l'avons reçu comme il se devait, en le baptisant en septembre de cette année-là, dans les couleurs d'un automne encore chaud, au parfum de champignons et de feuillages grillés par le soleil. Je me suis réjoui de savoir que cet enfant prendrait un jour la succession de son père, quand je ne serais plus là. Comment aurais-je imaginé qu'il pût en être autrement ?

Et nous avons continué à avancer sur un chemin bien différent de celui que nous avions suivi jusqu'alors, Sylvie et moi, en faisant malgré tout confiance à l'avenir. Cela a été une époque où les années ont passé vite : je me suis d'ailleurs aperçu, pour la première fois, que plus je vieillissais et plus le temps s'accélérait, nous faisant découvrir de plus en plus de nouveautés, et d'abord le frigidaire en 1962, qui a changé complètement notre manière de faire la cuisine.

Avant lui, on cuisait des conserves, on gardait le porc dans la graisse ou le salé, et on mangeait surtout des légumes secs et des pommes de terre. Avec le frigidaire, et, peu après, le congélateur, tout a changé : on a congelé la viande de porc, et on a même pris l'habitude d'acheter un peu de poisson, de manger moins de soupes, mais c'est surtout en été que nous avons senti le changement : on a pu servir des boissons fraîches avec des glaçons, et Sylvie a commencé à cuisiner des desserts glacés, de la viande et du poisson décongelés.

Tout ça a simplifié la vie des femmes, et les a soulagées, heureusement : elles devaient se lever très tôt pour préparer les repas avant d'aller aux champs, après avoir retiré du puits les victuailles mises à refroidir dans le seau descendu au ras de la surface de l'eau. En cette saison, le garde-manger de la cave ne suffisait pas à garder au frais la nourriture prévue pour le soir. En ce domaine aussi, nous n'avons pas hésité à acheter ces nouveautés qui nous facilitaient la vie, tout en rognant le peu d'argent liquide que nous tirions de la vente du bétail.

Nous avons cependant hésité, en 1965, à acheter un poste de télévision, comme en possédait déjà la famille de Lucien. Anne-Marie en rêvait, et Sylvie également, car elles allaient regarder chez eux de temps en temps les émissions de cette lucarne magique, et, parfois, le film du dimanche soir. Moi, je restais fidèle à la radio, et notamment aux nouvelles des journaux quotidiens, mais dès que la télévision est arrivée chez nous, à la grande joie d'Antoine, je me suis mis à la regarder, comme tout le monde.

C'est alors que les gens du hameau se sont isolés : plus de veillées, plus de travaux en commun, plus de rencontres sur la placette pour parler du temps ou se donner des nouvelles des connaissances. Non ! L'écran magique nous faisait découvrir un monde inconnu, étranger à nous, et suscitait l'envie d'ailleurs, des grandes villes, des vêtements nouveaux, des belles voitures, des voyages lointains.

Nous étions trop désargentés pour nous laisser aller à ces pièges-là, mais Louis et Anne-Marie, pourtant, s'y montraient sensibles. Je crois bien que c'est à ce moment-là que nous avons dû consentir un arrangement, afin qu'ils soient plus libres d'acheter ou pas ce dont ils avaient envie. Cela ne s'est pas réalisé facilement, on s'en doute. Avant, je donnais un petit salaire à Louis, tout le reste étant en commun et à sa disposition. C'est Sylvie qui m'a incité à lui donner un peu plus d'autonomie, notamment en lui cédant la moitié du troupeau, ce qui lui permettrait d'élever les bêtes comme il le souhaiterait.

J'en suis heureux aujourd'hui car je sais que les pères qui étaient propriétaires, alors, dirigeaient le plus souvent sans écouter le moindre avis, ni consentir la moindre liberté à leur fils. Pour eux, l'héritage à venir suffisait à justifier une autorité qui ne pouvait être contestée. Moi, j'y ai consenti, et il faut croire que cela n'a pas suffi. Louis et Anne-Marie avaient vécu en ville et ils en avaient tiré une manière de vivre bien différente de la nôtre, comme je l'ai déjà dit. Mais Sylvie s'est toujours trouvée là, entre nous, pour faciliter la cohabitation entre son fils, sa femme et moi. Je lui en suis encore reconnaissant, si longtemps plus tard, alors que le monde a continué à modifier les mœurs devenues au fil des jours de plus en plus surprenantes pour nous.

25

CES ANNÉES 1960 ont continué à nous emporter dans un tourbillon dont il était impossible de nous échapper. Une Renault Dauphine a remplacé la Juvaquatre qui avait bien du mal à démarrer. L'eau courante est arrivée en 1966. Finies les corvées au puits ! Il suffisait désormais de tourner les robinets pour voir couler une eau dont nous ne savions même pas d'où elle venait mais qui restait fraîche, même en été. C'est aussi cette année-là que nous avons acheté des clôtures électriques avec un poste portatif, ce qui a soulagé Anne-Marie qui était chargée des allers et retours avec le troupeau vers les pâtures les plus éloignées.

En 1967, le téléphone public a été installé chez Lucien. Dans la cuisine précisément : un appareil en bakélite noire qui servait surtout à appeler le médecin ou le vétérinaire. La première cabine publique sur le plateau n'est apparue qu'en 1973. Quand on nous appelait chez Lucien, sa femme venait nous prévenir que le correspondant rappellerait dans une heure, et c'était aussi simple que ça. Nous, nous n'avons eu le téléphone qu'en 1978, et il nous a fallu attendre un an entre le jour de la demande et le jour de la pose, mais ce n'est pas pour cela que nous avons téléphoné davantage qu'avant. Du moins en ce qui me concerne, car Louis avait pris des responsabilités à la chambre d'agriculture, et il servait d'intermédiaire entre beaucoup d'éleveurs. Cette tâche lui était au moins utile pour savoir quelles étaient les subventions disponibles au niveau du ministère ou de l'Europe.

Par ailleurs, c'était la Safer – Société d'aménagement foncier et d'établissement rural – qui, depuis 1960, autorisait les ventes et achats de parcelles de manière à accroître la taille des exploitations, dans le cadre du productivisme désormais tout-puissant. Elle disposait d'un droit de préemption pour racheter les terres agricoles ou forestières vacantes, et se chargeait de les revendre dans cette perspective définie en haut lieu. Nous avons été souvent sollicités par elle, mais nous ne pouvions plus nous endetter. Louis est devenu de plus en plus sombre, conscient que, malgré ses efforts, nous risquions de rester au bord de la route.

C'est alors que sont intervenus les événements de Mai 68 que nous avons découverts à la télévision, à la fois incrédules et incapables de comprendre ce qui se passait. Nous luttions, nous, pour survivre, et cela dans des conditions de plus en plus difficiles, et de jeunes étudiants qui avaient toutes les facilités pour se construire une vie de rêve mettaient le feu partout, contestant le système qui les avait conduits où ils se trouvaient, c'est-à-dire dans le luxe et la facilité. Ces images rendaient Louis furieux, lui qui avait dû renoncer aux études, et qui, très vite, n'a pu supporter de regarder les informations. Moi, pour ma part, j'ai essayé de comprendre de quoi il s'agissait, et cela jusqu'au bout. Après tout, peut-être cette jeunesse remettait-elle en cause dans les villes le même système qui nous étranglait dans les campagnes.

Mais j'ai fini par ne plus m'y intéresser, car les foins de juin s'annonçaient et nous n'avions plus le temps de nous interroger. Le travail n'attendait pas. Aujourd'hui, si je me retourne vers cette époque-là, je ressens la même impression de gâchis, de révolte, mais je me demande toujours si le combat que menaient ces jeunes gens n'était pas aussi, d'une certaine manière, le nôtre. En effet, le plan Mansholt de cette année-là décidait la disparition à court terme de cinq millions d'agriculteurs, dans une Europe des six qui en comptait à l'époque dix millions. En définitive, avec le recul, il me semble que les étudiants voulaient surtout accélérer une évolution des idées et des mœurs qui était loin de refléter nos problèmes, sinon en remettant en cause une économie qu'ils pensaient uniquement basée sur le productivisme et les profits. Mais tout ça est si loin aujourd'hui, et il s'est passé tant de choses depuis, que je ne sais plus ce qu'il faut en penser !

Ce dont je me souviens le mieux, c'est qu'Antoine, mon petit-fils, était toujours le premier de sa classe à Croisillac, et je devinais que Louis préférait pour lui un autre destin que celui que j'avais imaginé. De fait, à onze ans, en 1972, Antoine est parti pensionnaire, en sixième, au lycée de Tulle, et Louis, ce soir-là, est venu me parler seul à seul, alors que j'étais dans la grange en train de changer les litières.

– Voilà ! Il est parti ! m'a dit mon fils d'une voix où j'ai décelé une sorte de satisfaction.

Je savais ce qu'il voulait me suggérer, mais j'étais bien décidé à ne pas le montrer.

– Peut-être pour ne jamais revenir, a ajouté Louis.

– On ne peut jamais être sûr de rien, ai-je répondu. Toi, tu es bien revenu après être parti à Clermont-Ferrand.

– C'était en 1958, avant que le monde change. J'ai cru que tout était possible encore. Et puis Paul venait de disparaître, tu le sais bien.

Il a murmuré, avec un pauvre sourire :

– Aujourd'hui, ici, c'est fini. Je le sais.

Et, en venant vers moi pour me prendre le bras :

– Je me battrai jusqu'au bout avec toi. Je ne renoncerai jamais. Mais je ne veux pas de cette existence pour mon fils. Désormais, la vie est ailleurs.

J'ai laissé passer un moment de silence, et je lui ai répondu :

– On ne peut pas savoir ce que l'avenir nous réserve. Qui sait ce qu'Antoine décidera, une fois grand ?

Louis a bien voulu en rester là, et je lui en ai su gré. Pendant des années, nous n'avons pas reparlé de cette conversation, mais ni lui ni moi n'avons pu l'oublier.

Antoine revenait toutes les semaines du lycée et il était évident qu'il était un élève brillant, puisqu'il recevait chaque trimestre les félicitations de ses professeurs. C'était un enfant vif, à l'intelligence aiguë, qui ressemblait plutôt à sa mère, Anne-Marie, qu'à son père : brun, les yeux couleur d'un chapeau de cèpes, il avait la même douceur qu'elle dans le regard et dans le comportement. Avec moi comme avec Sylvie il se montrait très affectueux, et, pendant les vacances, il ne se faisait pas prier pour nous aider. Cependant, dès qu'il avait un moment de libre, il prenait un livre et lisait, étranger à ce qui se passait autour de lui. Dès cette époque-là, j'ai parfois songé que la terre que nous avions si difficilement gagnée, ma mère et moi, pouvait un jour être perdue. Mais je me suis toujours efforcé de ne montrer aucune amertume, tout en essayant de me convaincre que, peut-être, le cours des événements allait s'inverser.

Et j'ai vécu dans cet espoir toutes les années qui ont suivi, travaillant de toutes mes forces auprès de Louis, de Sylvie et d'Anne-Marie, comme si rien ne nous menaçait, comme si la politique agricole commune pouvait nous sauver. Et de fait, les aides que nous recevions n'étaient pas négligeables. Elles nous permettaient de vivre assez bien, mais désormais dans la dépendance, et non dans la liberté qui avait longtemps été la nôtre.

Les jours, les mois, les années se sont mis à couler encore plus vite qu'avant, jusqu'en 1979, une année terrible au cours de laquelle mon épouse a été emportée en six mois par un cancer foudroyant. Elle avait soixante-trois ans et nous avions traversé la vie ensemble en nous aidant mutuellement, fidèlement, comme on vivait alors, avant que le vent nouveau d'après-1968 n'apporte des mœurs différentes et, pour les femmes, une liberté à laquelle elles aspiraient depuis toujours. À juste titre à mon avis, car le sort des femmes, dans les campagnes, n'avait pas toujours été source de bonheur pour elles : sans appareils ménagers, sans facilités domestiques, elles étaient harassées de charges et devaient également s'occuper des enfants et aider aux travaux des champs.

Nous avons enseveli ma femme Sylvie auprès de Paul, notre fils, à la fin d'un mois d'octobre pluvieux qui effaçait le cuivre et l'or des arbres. Je n'écrirai pas sur mon chagrin de ce temps-là : il n'appartient qu'à moi. Et d'ailleurs je vais cesser d'écrire, parce que je me demande si on a le droit de livrer les secrets intimes d'une vie, alors qu'on les a gardés enfouis profondément au fond de soi, pour mieux les protéger.

PRINTEMPS

26

C'EST CE QUE j'ai confié à Lucas, quand il est revenu à la fin avril, alors que l'hiver tardait à s'en aller, balayant encore en rafales glacées les rues de la ville.

– On a déjà parlé de ça, m'a-t-il répondu. Tu n'es pas obligé de t'attarder sur ce qui te touche de trop près. Tout le monde est capable de deviner une émotion derrière des mots retenus.

Et, comme je n'étais pas convaincu :

– Ne regarde pas ta vie à travers le monde d'aujourd'hui. Celle qui compte pour moi, c'est celle que tu as connue. J'ai besoin de savoir ce qu'elle a vraiment été.

– Mais pourquoi ?

– Parce que j'ai l'impression de vivre sur un coussin d'air, sans appui, sans le moindre socle où m'appuyer. Je te l'ai déjà dit : aujourd'hui on ne vit plus que d'images, on ne connaît plus rien de la réalité du monde qui nous entoure, on a coupé le lien qui nous unissait à lui, on ne sait même plus d'où on vient… Où en es-tu à propos ?

– J'ai arrêté d'écrire.

– Tu m'as promis, pourtant.

– Je n'aurais pas dû.

Lucas a souri, puis il a repris :

– Je ne m'inquiète pas. Tu n'es pas homme à abandonner. Je suis sûr que ça ne t'est jamais arrivé.

Je n'ai pas pu répondre à Lucas, d'autant qu'il ne m'en a pas laissé le temps :

– Sophie arrive demain.

– Sophie ?

– Oui, mon amie.

– Ton amie ?

– Ma copine.

– Ça veut dire quoi, « ma copine » ?

– La femme avec qui je vis.

– Sans être mariés ?

– Oui. Pour le moment. Est-ce si important ?

– Non. Bien sûr.

– Elle veut voir Loubatié.

J'ai soupiré :

– Tu sais bien qu'il n'y a plus rien, là-haut, et puis on a vidangé la maison. Il peut geler encore : ça s'est vu au mois de mai. On ne peut pas remettre l'eau pour si peu de temps. Et puis qu'est-ce qu'une jeune

Parisienne peut trouver d'intéressant dans un hameau perdu ?

– Elle veut visiter le village, c'est tout.

– Et pourquoi donc ?

– Parce que je lui en ai parlé et qu'elle s'intéresse à tout. Je dois aller la chercher à Brive à l'aéroport. Elle prend l'avion du matin et elle repart le soir. Elle ne te dérangera pas.

– Il y a peut-être encore de la neige. Il fait froid là-haut, tu sais, en cette saison.

Lucas m'a dévisagé en souriant.

– Tu n'es pas obligé de nous suivre, mais pourtant j'aimerais bien que tu lui serves de guide.

– Et pourquoi, s'il te plaît ?

– Parce que c'est chez toi.

C'est ainsi que j'ai fait la connaissance le lendemain matin, à dix heures, d'une jeune femme blonde, mince, aux yeux d'un vert doré, qui m'a serré dans ses bras comme si elle me connaissait depuis toujours.

– Émilien ! Lucas m'a tellement parlé de vous ! Je suis ravie de faire enfin votre connaissance.

Émanait d'elle un parfum que je n'avais jamais senti de ma vie : un parfum léger et délicat de frais jasmin, qui semblait la personnifier tout entière. Elle a refusé de monter à l'avant de la voiture de Lucas, et elle s'est assise en assurant qu'elle serait plus à l'aise à l'arrière pour travailler. Je me suis demandé ce que cela signifiait, mais, en me retournant, j'ai constaté qu'elle avait, aussitôt assise, posé sur ses genoux un ordinateur portable. À partir de ce moment-là, dans la voiture comme dans le hameau et, peu après, à Croisillac, elle n'a cessé de poser des questions tout en tapant en même temps sur sa machine avec une agilité qui m'a stupéfait. Je n'ai pas osé interroger Lucas, mais je me suis promis de le faire dès que je me retrouverais seul avec lui.

Une fois là-haut, Sophie a manifesté le désir de tout voir : le hameau de Loubatié, Croisillac, le lac, la forêt, et elle m'a supplié de la laisser entrer une minute dans la maison. Il y faisait plus froid qu'au-dehors, où la neige, pourtant, tapissait encore le revers des fossés. Elle s'est attardée un moment devant la cheminée ouverte qui sentait bon le bois brûlé, m'a demandé si je l'allumais parfois, puis elle a frissonné et elle est ressortie en resserrant son écharpe rouge autour de son cou. Ensuite, au village, elle a dénombré les commerces, voulu entrer dans l'église qui, comme partout, était maintenant fermée, et nous nous sommes rendus près du lac où, sur les arbres des rives, commençaient à apparaître les premiers bourgeons. Un peu de brume stagnait au ras de l'eau, la teintant d'un rose cendré venu d'un soleil fragile.

– C'est magnifique, ici ! a-t-elle dit, toujours en frissonnant.

Puis elle s'est inquiétée de savoir s'il y avait suffisamment de neige pour faire du ski de fond en janvier ou février. Mais je n'avais jamais vu personne faire du ski de fond sur le plateau. On avait d'autres soucis en tête en hiver que de se promener. Elle en a paru déçue, mais n'a pas fait de commentaires. Elle a continué à marcher autour du lac et, derrière elle, je me suis alors approché de Lucas pour lui demander :

– Qu'est-ce qu'elle cherche, au juste ?

– Je crois qu'elle fait une étude de faisabilité.

– De quoi ?

– De faisabilité.

Je n'ai pas insisté, d'autant que Sophie retournait vers nous, visiblement frigorifiée. Nous nous sommes réfugiés dans la voiture, et elle a souhaité visiter la région, si bien que nous avons dû rentrer vite, en fin d'après-midi, afin qu'elle ne manque pas l'avion de cinq heures, à Brive, pour Paris.

– C'était cool, m'a-t-elle dit en me quittant. Merci infiniment, Émilien. C'est charmant chez vous.

Qu'est-ce que cela signifiait ? Je l'ai demandé à Lucas, qui ne repartait que le lendemain matin, après avoir passé la nuit à l'hôtel où il avait ses habitudes, maintenant, chaque fois qu'il venait me voir.

– Elle étudie la possibilité d'établir un village de vacances à Loubatié.

– Un village de vacances ?

– Oui. Elle dirige une grosse agence de voyages, mais son père est promoteur immobilier. Il monte des projets, comme ça, un peu partout, en France comme à l'étranger.

– Et tu crois que...

– Non. Je ne pense pas.

– Tu travailles avec elle, toi ?

– Non. Moi, ce qui m'intéresse, ce n'est pas le village, c'est ta maison. Là où tu as vécu, où continue de battre le cœur de tous les tiens. Je veux y rallumer le feu.

– Et pourquoi l'as-tu emmenée là ?

– Elle a beaucoup insisté, a soupiré Lucas. Mais je ne m'inquiète pas.

Il m'a ensuite entretenu des travaux qui allaient reprendre là-haut dès qu'on aurait remis l'eau, c'est-à-dire début mai : remise à neuf et peinture des murs et des plafonds.

– Tout sera prêt pour cet été, a-t-il ajouté. On passera une semaine, ou plus si tu veux, là-haut, au mois d'août.

– Avec Sophie ?

– Non ! Elle part en Grèce à ce moment-là.

J'en ai été soulagé. Cette idée d'aménager un village

de vacances dans un hameau où tant de gens avaient travaillé si dur me mettait mal à l'aise, et en même temps quelque chose, dans ce projet fou, ne me laissait pas totalement indifférent. Lucas est reparti en me faisant promettre d'aller au terme de ces mémoires que j'avais entrepris.

– Tu ne peux pas arrêter maintenant. Tu es presque au bout, à ce que tu m'as dit.

– Je ne sais pas si je vais y arriver.

– Je suis sûr que si, m'a-t-il dit en m'embrassant. Pense au mois d'août. Il fera beau, là-haut, et je lirai tes pages près de toi.

Et comme chaque fois, il a ajouté, sans savoir à quel point ces quelques mots me touchaient :

– Est-ce que je peux faire quelque chose pour toi, Émilien ? Tu n'as besoin de rien ?

– Je n'ai besoin de rien ! Je te remercie, Lucas.

Il m'a serré dans ses bras et il s'en est allé.

27

CE QUI M'A vraiment convaincu de continuer ? Sans doute cette habitude ancrée en moi depuis toujours de ne jamais abandonner un travail en cours. Malgré les difficultés, malgré les obstacles, je n'avais jamais renoncé à ce que j'avais entrepris. Je suis donc retourné en mémoire vers cette année 1979 qui a vu, outre la disparition de mon épouse, le départ pour Toulouse d'Antoine dans une école d'ingénieurs. Je le savais depuis toujours, mais ce départ, après celui de Sylvie, a fini de m'ébranler. J'ai dû m'aliter en septembre, alors que ça ne m'était jamais vraiment arrivé.

Anne-Marie et Louis ont bien compris de quoi il s'agissait, et ils m'ont soutenu du mieux qu'ils ont pu. Eux, je le voyais bien, étaient contents que leur fils prenne une autre route que la leur.

– On en a déjà parlé, m'a dit Louis. On le savait,

toi et moi. Rappelle-toi : je suis venu dans la grange où tu travaillais le soir du départ d'Antoine au lycée.

– Oui. C'est vrai.

Je ne me suis pas laissé aller : j'ai beaucoup pensé à ma mère qui n'avait jamais renoncé malgré la mort de son mari et celle de Félicien. Je n'aurais pas voulu qu'elle me voie couché, résigné à subir les événements, à me morfondre inutilement. Après huit jours de repos – je ne m'étais jamais arrêté si longtemps –, j'étais de nouveau sur pied, prêt à reprendre le travail, pour éviter de trop penser.

Ainsi ont commencé les années 1980 au cours desquelles nous avons hésité à abandonner les bêtes à viande pour nous tourner vers l'élevage de laitières qui permettait d'acquérir un revenu immédiat. Nous en avons discuté souvent avec Louis, mais en fin de compte nous avons décidé de ne rien changer. Nous avons eu raison, nous l'avons constaté plus tard à l'occasion des crises du prix du lait qui se sont multipliées. Nous n'en avons pas tiré de meilleurs revenus pour autant, mais nous étions habitués à nous contenter du peu de ressources que nous tirions de l'élevage.

À partir de ce moment-là, j'ai laissé Louis décider de tout. Avec ses responsabilités à la chambre d'agriculture, il devinait mieux que moi ce qu'il convenait de faire. D'ailleurs tout cela a coïncidé, ou presque, pour moi, avec l'âge de la retraite. J'ai alors proposé à

Louis et Anne-Marie de s'installer seuls dans la maison et d'habiter, moi, désormais dans la pièce attenante que nous avions fait aménager lors de leur mariage. J'ai continué bien sûr à prendre mes repas avec eux et à les aider de toutes mes forces. Je ne me sentais pas vieux : fatigué, seulement, lors des gros travaux de l'été et de l'automne.

Loubatié continuait à se dépeupler, les paysans à quitter la terre sans pouvoir vendre, même à la Safer qui ne trouvait pas de repreneurs. Ils rejoignaient le plus souvent leurs enfants en ville ou continuaient à habiter des villages de plus en plus désertés. Le productivisme forcené achevait son œuvre, accompagné par l'exode forcé de ceux qui n'avaient pas pu prendre le train en marche,

Chez nous, Antoine revenait tous les quinze jours de Toulouse, heureux de réussir dans la voie qu'il avait choisie : la mécanique et la robotique. On l'a vu apparaître un jour avec une jeune fille brune prénommée Isabelle avec laquelle il s'est marié deux ans plus tard…

Mais je m'aperçois que, de nouveau, je vais trop vite, et que, sans doute, je n'ai plus grand-chose à écrire. Ou peut-être parce que ces années ont passé encore plus rapidement que les précédentes, et ce n'est pas peu dire. Pourquoi faut-il que le temps semble courir plus vite au fur et à mesure que nous prenons de l'âge ? Parce que nous avons accompli l'essentiel de notre tâche, et que rien de très important ne saurait justifier un prolongement de nos vies ? En vérité, je fatigue à force d'écrire, et c'est toujours en me demandant, malgré les encouragements prodigués par Lucas, si ces lignes seront un jour utiles à quelqu'un.

Lucas ! Je crois me souvenir que ses parents n'étaient pas mariés quand il est venu au monde, en 1984. Personne n'en a paru offusqué, d'autant qu'ils ont régularisé – comme ils disaient en souriant – dans les six mois qui ont suivi cette naissance. Le mariage a eu lieu à Toulouse et non pas à Loubatié – un signe de plus, s'il en était besoin, qui prouvait que tout avait bien changé. J'ai fait l'effort d'y aller. Je ne voulais pas qu'Antoine croie que je lui en voulais de quoi que ce soit, mais cela a été une épreuve pour moi : même en compagnie de Louis et d'Anne-Marie, cette grande ville m'étouffait : trop d'immeubles, trop de bruit, trop de voitures, trop de gens inconnus qui parlaient de sujets auxquels je ne comprenais rien, ou pas grand-chose. Heureusement, nous sommes repartis dès le lendemain, Louis, Anne-Marie et moi, et tous les trois soulagés, à ce qu'il m'a semblé, de regagner Loubatié, ses prés, ses bois, son silence.

Trois ans après Lucas est née Manon, mon unique

arrière-petite-fille, aujourd'hui loin de nous, en Australie, où elle est partie dès l'âge de dix-huit ans. Ce qu'elle fait là-bas ? Louis me l'a expliqué, mais je n'ai pas très bien compris. Je crois qu'elle s'occupe de gérer une chaîne d'hôtels de luxe. Elle était blonde, vive, riait tout le temps, et elle venait parfois à Loubatié, comme Lucas, d'ailleurs, mais elle ne s'y plaisait pas, au contraire de son frère, que ses parents, trop occupés, nous envoyaient lors des vacances scolaires.

Lucas ! Je sais bien pourquoi quelque chose l'attache à moi et à Loubatié : dès qu'il a été en âge de marcher, je lui ai pris la main, je l'ai conduit sur les chemins dans le parfum frais des fougères et des sapins, je lui ai fait écouter le chant des hautes branches dans les arbres et je lui ai expliqué à quel point ils nous sont précieux. Alors s'est noué entre nous un lien que rien n'a pu rompre, malgré la distance qui s'est établie dès qu'il est parti à Paris, pour ses études, à l'âge de dix-huit ans...

Mais voilà que de nouveau je saute par-dessus les années, alors qu'elles ont pesé, elles aussi, ces années-là, sur le sort de notre famille et de Loubatié.

28

En 1990, Louis avait cinquante-deux ans et Anne-Marie cinquante et un. Tous deux étaient dans la force de l'âge, et moi, à soixante-quinze ans, je me suis efforcé de n'être pas une charge pour eux, en travaillant à leurs côtés de toutes les forces qui me restaient. À Croisillac, les commerces fermaient les uns après les autres. À Loubatié, nous restions seuls avec Lucien qui ne travaillait plus, sinon en nous aidant, de temps en temps, pour les foins ou à l'occasion des moissons. Nous avons essayé de survivre en nous consacrant à la qualité de notre élevage, notamment avec ce que l'on a appelé : « les veaux sous la mère ». Nous avons refusé le plus possible le modèle intensif, de plus en plus contraignant, qui a éliminé les plus faibles, défiguré les paysages en supprimant les haies, rendu les friches obligatoires, pollué les terres, éloigné les producteurs des consommateurs. Et nous avons vécu comme nous avons pu, avec, toujours, une autonomie de subsistance qui nous permettait de ne pas nous sentir en danger.

Je parlais souvent de l'avenir avec Louis et Anne-Marie. Je m'inquiétais des regrets qu'ils pouvaient avoir de s'être installés avec nous, à la fin des années 1950, sachant qu'ils auraient souhaité une autre vie.

– Ne t'inquiète pas, me répondait Louis. Nous n'avons jamais manqué de quoi que ce soit et nous avons tenté de rester maîtres de notre existence. C'est le plus important. Nos enfants et nos petits-enfants vivront leur vie, selon leur choix. C'est déjà le cas avec Antoine, et ce le sera sans doute encore plus avec Lucas et Manon.

Et, comme je ne paraissais pas convaincu, il ajoutait :

– Nous ne regrettons rien, Anne-Marie et moi. Il fallait en passer par là pour ouvrir d'autres portes : c'est le destin de beaucoup de familles rurales. Non ! C'est pour toi que je m'inquiète : voir disparaître un jour ce que tu as construit avec tant d'efforts, tant de volonté, tant de sacrifices.

Je répondais, du bout des lèvres :

– Si un jour il faut vendre les terres, essayons de garder au moins la maison.

– Je te le promets.

J'ai toujours su que j'avais de la chance de pouvoir

continuer à vivre dans ma maison, en compagnie d'un fils et d'une belle-fille respectueux, qui veillaient sur moi. Combien d'hommes et de femmes avaient dû quitter la demeure où ils étaient nés pour une solitude douloureuse dans des maisons de retraite où quelques arbres et quelques fleurs tentaient de les consoler ? Finalement, malgré la course du monde, je demeurais à l'écart, mais heureux. J'avais tout loisir de penser à ma mère, dans notre masure du Pradel, quand elle me parlait de mon père à la veillée, à mes épreuves chez Combressol auxquelles la pauvre femme avait mis un terme en se sacrifiant pour moi, à notre installation à Loubatié, grâce à Félicien, sur des terres que nous possédons encore aujourd'hui. Quelle chance avait été la mienne ! Que de chemin parcouru au sein d'une vraie famille, sans jamais craindre la faim ou le froid !

De ces années-là, je garde surtout le souvenir de quelques problèmes de santé dus à mon âge, mais rien de vraiment sérieux. Un pacemaker a fortifié un cœur un peu fatigué, qu'une grippe avait mis à mal. Louis et Anne-Marie avaient renoncé à acquérir des terres supplémentaires : un renoncement auquel j'étais préparé. Lucas et Manon éclairaient mes journées, quand nous partions dans la forêt, sur le chemin de l'école de mon enfance. Plus les jours passaient et plus je revenais en mémoire vers ces années vécues près de ma mère et de Félicien, qui avaient coïncidé avec les premiers jours vraiment heureux de ma vie.

Nous allions doucement vers l'an 2000 qui m'avait toujours paru inaccessible. De fait, en janvier de cette année-là, sont apparus des malaises que j'ai soigneusement cachés à mon fils et à ma belle-fille. Et puis ils ont disparu comme par miracle, pour réapparaître en septembre de l'année d'après, le lendemain du jour où deux avions se sont écrasés sur les tours de New York. Ce jour-là, j'ai compris que ce que nous avions vécu pendant la guerre pouvait recommencer, alors que depuis les années 1950, j'avais cru la paix installée pour toujours. Ensuite, j'ai été hospitalisé une semaine à Tulle pour des problèmes circulatoires et une tension trop élevée. Des médicaments quotidiens ont mis fin à ces malaises et je suis rentré à Loubatié, rassuré. Mais je n'évoquerai plus ces problèmes de santé qui ne peuvent intéresser personne, et qui, de surcroît, sont bien naturels à mon âge.

Dès 2002, Louis et Anne-Marie, qui pouvaient prendre leur retraite l'année suivante, ont décidé qu'ils quitteraient Loubatié et partiraient à Toulouse, près d'Antoine, et ils m'ont proposé de les suivre là-bas. J'ai refusé. Ils ont mis les terres en vente, afin de trouver de l'argent pour s'installer à la ville, mais ils ont tenu leur promesse de ne pas vendre la maison.

– Tu ne peux pas rester seul, m'a répété Louis.

Viens avec nous. Tu seras bien. À Loubatié tu seras trop loin de tout. Si tu tombes, qui t'aidera à te relever ?

J'ai dû combattre pour ne pas céder et j'ai dû accepter de partir à Tulle dans un petit appartement de deux pièces que nous n'avons pas pu acheter, mais que je loue, tout simplement, avec le peu de retraite que je touche. Un exploitant forestier a acheté les parcelles de forêt qui nous appartenaient et la Safer a réussi à vendre deux prés à un éleveur de Neuvic, ce qui a permis à Louis et Anne-Marie d'acheter, eux, à Toulouse, l'appartement où ils vivent aujourd'hui, dans le quartier des Minimes.

Moi je suis resté près du plateau, où Lucas me ramène souvent, et je peux encore entrer dans la maison qui a été la nôtre, où Sylvie et Paul ont vécu près de moi, et où Louis et Anne-Marie nous ont succédé. Aujourd'hui, c'est fini. Mais je suis libre encore, malgré mon âge, et je m'efforce de ne pas songer aux jours qui me restent à vivre. J'ai eu ma part, et elle a été bien plus belle que celle que j'avais espérée. Je ne regrette rien. J'ai fait tout ce que j'ai pu pour les miens, mais je n'ai pas réussi à maintenir la vie, là-haut, au cœur des fougères, des châtaigniers, des pins et des épicéas. Ce combat-là était au-dessus de mes forces. Et d'ailleurs fallait-il le gagner ? Louis et Anne-Marie vivent leur rêve de la grande ville, auquel ils avaient, pour moi, renoncé. Comment pourrais-je leur en vouloir ? Mes petits-enfants et mes enfants ont rejoint le monde qui leur permet de vivre une autre vie. Meilleure que la mienne ? Pour eux, oui, sans aucun doute, et c'est là l'essentiel.

Seul Lucas s'interroge, je le sens bien. Mais ce qu'il a entrepris à Loubatié ne lui permettra jamais d'y vivre. Au fond de lui, il le sait. Je l'aime d'autant plus qu'il fait semblant de croire le contraire. Il me ressemble, Lucas, et j'attends sa venue avec impatience, car je suis persuadé que c'est sans doute la dernière fois que je monterai là-haut.

ÉTÉ

29

COMME il me l'avait promis, Lucas est arrivé le 2 août au soir, et nous n'avons pas attendu une seconde pour monter à Loubatié. Je l'attendais avec impatience et j'avais préparé un petit sac de vêtements de rechange pour quelques jours. Quand nous sommes arrivés là-haut, dans la chaleur du soir d'été, les parfums de feuilles, d'herbe et de paille sèches m'ont accueilli en réveillant en moi des sensations que je croyais avoir oubliées. Surtout depuis que je prends de plus en plus de médicaments, notamment pour le cœur. J'ai vu le médecin qui s'occupe de moi la semaine dernière, avant la venue de Lucas, et il ne m'a pas caché que j'arrivais au terme du voyage.

– Combien de temps ? lui ai-je demandé.

– Je ne peux pas vous dire exactement. Peut-être un an, peut-être une semaine.

Je me suis bien gardé d'en parler à Lucas ou à qui que ce soit. Je compte profiter de ces quelques jours à Loubatié comme d'un dernier cadeau de la vie. Et pas le moindre !

La première soirée, déjà, quand nous avons rallumé le feu, a suffi à me faire revenir vers les mois, les années que j'avais vécues là, et à en retrouver les trésors, malgré les murs repeints à neuf, car l'odeur de la cheminée a réussi à les pénétrer de nouveau. Avec Lucas, nous avons dîné sur la table de la cuisine, face à la cheminée et son manteau de châtaignier, près du buffet double de bois sombre ciré, du petit râtelier où l'on plaçait les tourtes de pain, à l'opposé de la souillarde et de son évier taillé dans la pierre. L'horloge comtoise, au balancier muet depuis longtemps, m'a paru murmurer comme avant. Des ombres fidèles m'ont délicieusement frôlé, tandis que Lucas s'affairait près de moi, comme un fils attentionné qui aurait surgi là, à travers l'espace et le temps.

Une salade, de la viande froide et du fromage nous ont rapidement rassasiés, et, après avoir débarrassé la table, nous sommes sortis pour nous asseoir devant la maison, comme nous en avions pris l'habitude les fois d'avant. L'herbe était haute, et c'est avec plaisir que j'ai pris la faux dans la remise pour en couper suffisamment, en quelques minutes, afin de faire place nette. Une douleur dans la poitrine m'a convaincu de ne pas abuser de la situation.

Nous nous sommes assis face à face, dans la chaleur

déclinante du jour et le profond silence de ces lieux désertés. J'ai demandé à Lucas où en était Sophie de son projet. Il m'a répondu en riant :

– Abandonné ! Il lui fallait de l'eau en été, et le lac suffisait, mais aussi beaucoup de neige pour le ski en hiver.

– Et toi, Lucas, où en es-tu ?

Il s'est tourné vers moi, m'a pris les mains :

– Je suis avec toi, ici, et c'est déjà très bien.

– Mais après ?

– Ne t'inquiète pas. J'ai encore de l'argent devant moi, avant de me décider à investir dans une nouvelle société. Je prends le temps de réfléchir... Dis-moi plutôt où tu en es de tes écrits.

– Je n'ai pas fini, mais je t'ai porté le premier cahier, puisque tu y tiens tant.

– Merci. Je commencerai à lire dès cette nuit.

– Tu ne dormiras pas ?

– Si. Mais tu sais, j'ai pris l'habitude, au cours de mes études, de ne pas beaucoup dormir.

La nuit a commencé à tomber et les étoiles à s'allumer au-dessus de nous, pareilles à celles qui veillaient sur le hameau au temps où des hommes, des femmes et des enfants vivaient ici, comme si rien n'avait vraiment changé. Lucas m'a interrogé sur les familles qui avaient disparu, et sur les raisons de leur départ.

– Les mêmes que les nôtres : les enfants ou les petits-enfants sont partis et personne n'a pris la suite.

J'ai ajouté, sans bien savoir pourquoi :

– La terre nous aimait, elle nous a tout donné, permis de vivre sans dépendre de qui que ce soit, et nous l'avons abandonnée.

J'ai soupiré, repris à voix très basse, comme sous le coup d'une écrasante culpabilité :

– Oui. Abandonnée.

– Est-ce que vous avez été heureux, au moins ?

– Je crois. Nous ne possédions pas grand-chose, mais même la lumière des jours, là-haut, semblait heureuse.

– Est-ce que tu en es sûr ?

– Oui. J'en suis certain.

Après un instant de réflexion, Lucas a voulu tout savoir sur le bétail, les foins, les moissons, la forêt, les châtaignes, les champignons, mais je lui ai dit que l'essentiel se trouvait dans le cahier qu'il pouvait lire. Un chat-huant est passé, nous frôlant de ses ailes, et les grillons se sont mis à chanter. J'ai retrouvé cette sensation de paix, de silence et de bien-être propre aux soirs d'été, quand tout se tait, que le temps paraît immobile, que la terre s'apaise avec de légers soupirs, fatiguée de la chaleur du jour. Nous sommes restés longtemps sans parler, écoutant les murmures de la nuit, ceux des pierres en train de refroidir, ceux des frissons de l'herbe haute, autour de nous, que je n'avais pu faucher.

Vers onze heures, nous sommes allés nous coucher et j'ai mis longtemps à m'endormir, toutes fenêtres ouvertes, en respirant le parfum de terre chaude où pointait celui de la résine et de l'écorce des pins : l'odeur familière de ce hameau que le petit vent de nuit ne parvenait jamais à souffler. Je n'ai jamais si bien dormi que cette nuit-là. Et au matin, dans un demi-sommeil, j'ai cru entendre l'appel d'un coq qui n'existait pas et le cri d'un enfant sur le chemin de la forêt.

Lucas se trouvait déjà dans la cuisine lorsque je me suis levé. Il avait allumé le feu, préparé du café et coupé du pain. C'est quand il s'est assis face à moi que j'ai constaté, une nouvelle fois, à quel point il ressemblait à ma mère : le regard, le front, la couleur des cheveux, des expressions, même, quand il réfléchissait, les sourcils froncés. Je lui ai demandé s'il avait bien dormi, et il m'a répondu qu'il avait lu le cahier en entier.

– Jamais je n'aurais cru que ta petite enfance avait été si difficile, a-t-il ajouté. Tu n'en as jamais parlé.

– À quoi bon ? J'ai tout fait pour l'oublier, du moins jusqu'au moment où nous sommes arrivés à Loubatié, ma mère et moi, avec Félicien.

– Je n'ai jamais su, non plus, que tu étais allé au lycée.

– Pas longtemps.

– Mais suffisamment pour le regretter.

– Non ! J'ai vu ma mère heureuse quand j'y ai renoncé. Je lui devais bien ça. Cette pauvre femme avait accepté bien plus de sacrifices que moi.

Au cours de la matinée, nous sommes allés faire des courses à Croisillac, et il m'a semblé que le village retrouvait un peu d'animation, sans doute grâce à quelques vacanciers que la proximité du lac et les résidences d'été à bas prix attiraient. Quand nous sommes rentrés, il faisait chaud, déjà, et pourtant j'ai voulu faucher un peu plus d'herbe devant la maison, mais j'ai rapidement renoncé, car mon cœur s'emballait.

Pendant le repas, Lucas m'a avoué s'être penché sur le devenir de Loubatié et de la campagne environnante. Il avait apporté avec lui un ordinateur portable qu'il interrogeait sans cesse. Il m'a alors demandé si j'avais quelque espoir en l'avenir. Comme il avait lu le premier cahier, je lui ai confirmé que tout avait commencé à changer avec le plan Marshall d'après la guerre et avec la mécanisation qui en avait découlé. Le Marché commun n'avait fait qu'accentuer le mouvement en instaurant le productivisme qui était rapidement devenu indispensable pour survivre, ce qui avait provoqué un dernier exode vers les villes.

– Il n'y a plus d'espoir ?

– Pour la manière dont nous avons vécu, non. Nous avons connu une forte solidarité parce que nous étions fermés sur nous-mêmes, sans moyens de communication ou de déplacement. Une société communautaire, qui s'arrêtait aux limites de Loubatié et de Croisillac. D'où la nécessité de vivre ensemble, en autosuffisance. Nous avons vécu libres, mais isolés, et ce mode de vie n'avait pas que des bons côtés : par exemple, il ne faisait pas la part belle aux femmes, refusait le progrès et tout ce qui venait d'ailleurs.

– Même toi ?

– Je me suis toujours efforcé de donner à mon épouse et à ma belle-fille l'attention et le respect qu'elles n'auraient peut-être pas trouvés dans d'autres familles.

– Tu étais en avance sur ton temps !

– J'avais tellement vu ma mère souffrir.

Lucas a poussé un long soupir, et m'a demandé :

– Alors tu crois que c'est fini ?

Je n'ai pas voulu rester sur ce constat si négatif.

– Pour ce mode de vie, oui.

Et j'ai ajouté aussitôt :

– Les quelques-uns qui sont restés ne sont pas mieux lotis : ils sont broyés par le « toujours plus grand », le « toujours plus fort », et le « toujours plus dépendant » des banques. Ils vivent des subventions, des aides à la production, d'une monoculture inadaptée aux paysages de chez nous. Les lois terribles des marchés les ont ligotés et réduits à merci. Mais je pense qu'ils ont compris qu'ils avaient fait fausse route, et ils ne souhaitent pas la même vie pour leurs enfants.

– C'est ce qui s'est passé chez nous ?

– Dans un sens, oui.

Lucas s'est redressé, a souri, et m'a dit :

– Moi, je crois que rien n'est irrémédiable. Aujourd'hui, sous la pression des opinions, la nécessité de veiller sur l'environnement va changer les choses. Une polyculture bio, raisonnée, durable, qui mettra en contact direct les producteurs et les consommateurs va apparaître.

– À condition qu'ils puissent se rencontrer.

– Ils se rencontreront facilement grâce à Internet, surtout si les produits sont de meilleure qualité, tracés, dans des champs sans pesticides et sans nitrates, tout cela dans le cadre d'une défense du patrimoine rural et d'une réhabilitation des paysages. Produire sans détruire : voilà l'objectif à atteindre désormais.

– Tu y crois, toi, Lucas ?

– Parfaitement ! Les jeunes – rares, j'en conviens – qui s'installeront le feront sur ces bases-là, et ils à être parti. Je lui ai montré les outils qui se trouvaient toujours dans la remise, le tracteur Massey Harris à l'abandon, la faucheuse mécanique inutilisable, la charrue rouillée, l'étable déserte, l'aire des anciennes moissons, mais quelque chose, en moi, au bout de deux jours, m'a arrêté dans ces confidences : tout me démontrait que le passé n'avait plus d'importance, c'était vers l'avenir qu'il fallait se tourner.

La veille du départ, j'ai voulu faucher l'herbe folle de la cour, et une douleur plus forte dans le haut de ma poitrine, insupportable, m'a plié en deux. Je me suis caché derrière un mur afin que Lucas ne s'en aperçoive pas. Elle a mis longtemps à passer, mais il lisait devant la porte et ne m'a pas vu. Je suis rentré, et la fraîcheur de la maison m'a fait du bien. J'ai bu un grand verre d'eau, et je suis allé dans la chambre pour m'allonger.

– Ça ne va pas ? m'a demandé Lucas.

– Tout va bien. Je me repose un peu.

Le dernier soir, nous avons veillé très tard, devant la porte, jusqu'à plus de minuit.

– Je reviendrai en septembre, m'a dit Lucas, et on remontera quelques jours ici.

– Oui. Il fait toujours beau, à Loubatié, en cette saison.

Cette nuit-là, j'ai très mal dormi. Je n'arrivais pas à lutter contre l'idée que c'était peut-être ma dernière nuit dans ma maison, et je suis resté longtemps appuyé contre la fenêtre à respirer les odeurs que je connaissais si bien, à écouter le chant paisible des arbres bercés par le vent, à lever la tête vers le fourmillement joyeux des étoiles, qui clignotaient comme pour un appel muet.

Le lendemain matin, j'ai eu du mal à monter dans la voiture : j'ai voulu faire un dernier tour dans les venelles, sous le regard un peu inquiet de Lucas. Puis nous sommes partis, mais j'ai laissé la vitre de la voiture ouverte pour mieux respirer.

– C'était bien ! m'a dit Lucas, en cours de route.

J'ai acquiescé de la tête, mais nous n'avons plus parlé jusqu'à notre arrivee en ville, comme si nous craignions de modifier par un mot, une parole, le charme de ces jours passés dans une précieuse complicité. Peu avant de me quitter, il m'a demandé :

– Tu es sûr que ça va ?

– Mais oui. Tout va bien.

Et, comme lors de chaque séparation :

– Tu as besoin de quelque chose ?

– Je n'ai besoin de rien, Lucas. Je te remercie.

Avant qu'il ne s'en aille, je lui ai donné un deuxième cahier, et je lui ai dit que j'allais bientôt terminer le troisième. En septembre, sans doute. Il m'a embrassé en me remerciant et m'a serré dans ses bras avec, m'a-t-il semblé, une émotion qu'il a eu du mal à contenir.

30

Au cours de la nuit qui a suivi le départ de Lucas, la douleur est revenue, très violente, à trois doigts au-dessous de ma glotte. J'ai avalé plus de médicaments que ne le prescrivait mon ordonnance, et je me suis senti mieux. Pourtant, ne pouvant dormir, j'ai repris mon cahier, et je me suis remis à écrire ce que seront mes derniers mots dans ces mémoires qui, aujourd'hui, me paraissent moins vains.

En effet, en côtoyant Lucas et sa jeunesse, j'ai retrouvé la confiance des années heureuses. Je crois que l'intelligence de ces jeunes gens – je n'oublie pas Sophie et son ordinateur posé sur ses genoux – sera capable de leur faire inventer une voie nouvelle, celle que nous aurions été bien incapables d'imaginer. La flammèche allumée avec elle – un village de vacances à Loubatié, quelle idée ! – s'est éteinte aussitôt réveillée, mais c'était la première et il y en aura d'autres. Je n'en doute pas : le feu se rallumera un jour, comme ceux, merveilleux, de l'automne, après un nouveau printemps.

Je n'ai plus de regrets, pas le moindre remords. On a toujours cru que c'était mieux avant – moi aussi. Mais depuis ces quelques jours passés avec Lucas, je sais que ce n'est pas vrai. Les hommes ont toujours su trouver des idées nouvelles, un sens nouveau à l'existence. Il faut leur faire confiance. Même nés dans les villes, quelques-uns, comme Lucas, savent puiser dans le passé ce qui leur est nécessaire, et pas davantage. C'est ainsi qu'il faut vivre.

Nous avons été heureux, nous avons beaucoup travaillé, mais nous n'étions pas un exemple. Trop d'isolement, trop de routine, d'horizons bouchés, et pour finir trop de renoncements devant une implacable machine à broyer les hommes de ce plateau et d'ailleurs. D'où la course à l'argent, l'endettement, les pesticides, la mécanisation au détriment des animaux familiers, les hormones dans les étables, les terres trop grandes, plus de haies, plus de contacts entre les hommes. Nous avons combattu de toutes nos forces, mais nous avons perdu. Pour le moment. Mais d'autres, plus jeunes, plus forts, gagneront un jour ce combat.

Sans moi. Car j'ai pris une décision : je vais arrêter d'ingurgiter des médicaments et je vais me faire conduire en taxi à Loubatié pour un dernier voyage. Je vais laisser un mot à Lucas, et je suis sûr qu'il me comprendra. Pour ne pas inquiéter le chauffeur, je lui demanderai de venir me rechercher dans une semaine, et ce sera bien suffisant pour rejoindre ceux qui reposent là-haut et qui me sont si chers : ma mère, Félicien, Sylvie mon épouse, et Paul, ce fils si tragiquement disparu et qui m'a tant manqué.

C'est décidé. Je pars demain. Je n'emporte rien avec moi. Je ne suis pas malheureux. Je suis heureux, au contraire, à l'idée de rallumer un feu, me coucher dans ma chambre, toutes fenêtres ouvertes, pour écouter les arbres de la forêt voisine se souvenir de notre vie d'avant, mais aussi battre de nouveau le cœur de cette maison qui sera restée mienne jusqu'au bout. J'espère seulement que mon corps fatigué ne me fera pas trop souffrir. Si c'est le cas, j'irai m'allonger sur la tombe des miens. Ils m'aideront à franchir le seuil de l'autre monde, celui où, me semble-t-il, rien n'est perdu et où tout redevient possible...

Lucas ! Je ne veux pas que tu me voies mourir. Ce serait trop de souffrance. Tu as été le dernier soleil de ma vie. J'emporte avec moi le contact de tes bras et le son de ta voix comme un cadeau qui m'a été offert et que, peut-être, je ne méritais pas. Qu'importe ! J'ai senti que le cœur sacré de cette maison, de tous les miens, demeurait indestructible au fond de toi. Tu m'as donné beaucoup plus que tu ne peux l'imaginer. Tu es pour moi la preuve que la vie ne s'éteint jamais, et que, grâce à toi, je demeurerai moi aussi vivant dans le passé comme dans l'avenir…

Sois heureux, mon petit, et pense à moi souvent.

DU MÊME AUTEUR

Aux Éditions Albin Michel

LES VIGNES DE SAINTE-COLOMBE :
1. Les Vignes de Sainte-Colombe (Grand Prix des lecteurs du Livre de Poche), 1996.
2. La Lumière des collines (Prix des Maisons de la Presse), 1997.

BONHEUR D'ENFANCE, 1996.

LA PROMESSE DES SOURCES, 1998.

BLEUS SONT LES ÉTÉS, 1998.

LES CHÊNES D'OR, 1999.

CE QUE VIVENT LES HOMMES :
1. Les Noëls blancs, 2000.
2. Les Printemps de ce monde, 2001.

UNE ANNÉE DE NEIGE, 2002.

CETTE VIE OU CELLE D'APRÈS, 2003.

LA GRANDE ÎLE, 2004.

LES VRAIS BONHEURS, 2005.

LES MESSIEURS DE GRANDVAL :
1. Les Messieurs de Grandval (Grand Prix de littérature populaire de la Société des gens de lettres), 2005.
2. Les Dames de la Ferrière, 2006.

UN MATIN SUR LA TERRE (Prix Claude-Farrère des écrivains combattants), 2007.

C'ÉTAIT NOS FAMILLES :
1. Ils rêvaient des dimanches, 2008.
2. Pourquoi le ciel est bleu, 2009.

UNE SI BELLE ÉCOLE (Prix Sivet de l'Académie française et prix Mémoires d'Oc), 2010.

AU CŒUR DES FORÊTS (Prix Maurice-Genevoix), 2011.

LES ENFANTS DES JUSTES (Prix Solidarité-Harmonies mutuelles), 2012.

TOUT L'AMOUR DE NOS PÈRES, 2013.

UNE VIE DE LUMIÈRE ET DE VENT, 2014.

ENFANTS DE GARONNE :

1. Nos si beaux rêves de jeunesse, 2015.
2. Se souvenir des jours de fête, 2016.

DANS LA PAIX DES SAISONS, 2016.

LA VIE EN SON ROYAUME, 2017.

L'ÉTÉ DE NOS VINGT ANS, 2018.

Aux Éditions Robert Laffont

LES CAILLOUX BLEUS, 1984.

LES MENTHES SAUVAGES (Prix Eugène-Le-Roy), 1985.

LES CHEMINS D'ÉTOILES, 1987.

LES AMANDIERS FLEURISSAIENT ROUGE, 1988.

LA RIVIÈRE ESPÉRANCE :

1. La Rivière Espérance (Prix La Vie-Terre de France), 1990.
2. Le Royaume du fleuve (Prix littéraire du Rotary International), 1991.
3. L'Âme de la vallée, 1993.

L'ENFANT DES TERRES BLONDES, 1994.

Aux Éditions Seghers

ANTONIN, PAYSAN DU CAUSSE, 1986.

MARIE DES BREBIS, 1986.

ADELINE EN PÉRIGORD, 1992.

Albums

LE LOT QUE J'AIME, Éditions des Trois Épis, Brive, 1994.

DORDOGNE, VOIR COULER ENSEMBLE ET LES EAUX ET LES JOURS, Éditions Robert Laffont, 1995.

UNE SI BELLE ÉCOLE, Éditions Albin Michel, 2014.

Composition IGS-CP
Impression CPI Bussière en décembre 2019
Éditions Albin Michel
22, rue Huyghens, 75014 Paris
www.albin-michel.fr
ISBN : 978-2-226-44345-8
N° d'impression : 2049155
Dépôt légal : octobre 2019
Imprimé en France